孩子们必读的诺贝尔文学经典

翅膀的痕迹

【印】R.泰戈尔◎著　冰心　郑振铎◎译

·泰戈尔卷·

北京联合出版公司
Beijing United Publishing Co.,Ltd.

图书在版编目（CIP）数据

翅膀的痕迹 /（印）泰戈尔著；冰心，郑振铎译.
-- 北京：北京联合出版公司，2015.2（2023.2重印）
（孩子们必读的诺贝尔文学经典）
ISBN 978-7-5502-4475-7

Ⅰ.①翅… Ⅱ.①泰… ②冰… ③郑… Ⅲ.①诗集-
印度-现代 Ⅳ.①I351.25

中国版本图书馆CIP数据核字（2015）第010869号

翅膀的痕迹

作　　者：（印）泰戈尔/著；冰心，郑振铎/译
选题策划：王成国　郎爱民
责任编辑：王　巍
封面设计：尚世视觉
版式设计：许　可

北京联合出版公司出版
（北京市西城区德外大街83号楼9层　100088）
福州俊丰彩印有限公司　新华书店经销
字数130千字　650毫米×950毫米　1/16　13.25印张
2015年2月第1版　2023年2月第2次印刷
ISBN 978-7-5502-4475-7
定价：25.00元

未经许可，不得以任何方式复制或抄袭本书部分或全部内容。
版权所有，侵权必究。
本书若有质量问题，请与本公司图书销售中心联系调换。
电话：010-64243832　4006586676

目录
Contents

吉檀迦利 / 1

飞鸟集 / 59

新月集 / 145
　家庭 / 146
　海边 / 147
　来源 / 149
　孩童之道 / 150
　不被注意的花饰 / 152
　偷睡眠者 / 154
　开始 / 156

孩子的世界 / 158
时候与原因 / 159
责备 / 160
审判官 / 162
玩具 / 163
天文家 / 164
云与波 / 165
金色花 / 167
仙人世界 / 169
流放的地方 / 171
雨天 / 174
纸船 / 176

目录
Contents

水手 / 177

对岸 / 179

花的学校 / 181

商人 / 182

同情 / 184

职业 / 185

长者 / 187

小大人 / 188

十二点钟 / 190

著作家 / 191

恶邮差 / 193

英雄 / 195

告别 / 198

召唤 / 200

第一次的茉莉 / 201

榕树 / 202

祝福 / 203

赠品 / 204

我的歌 / 205

孩子的天使 / 206

最后的买卖 / 207

吉檀迦利
Gitanjali

1

你已经使我永生,这样做是你的欢乐。这脆薄的杯儿,你不断地把它倒空,又不断地以新生命来充满。

这小小的苇笛,你携带着它逾山越谷,从笛管里吹出永新的音乐。

在你双手的不朽的安抚下,我的小小的心,消融在无边快乐之中,发出不可言说的词调。

你的无穷的赐予只倾入我小小的手里。时代过去了,你还在倾注,而我的手里还有余量待充满。

2

当你命令我歌唱的时候,我的心似乎要因着骄傲而炸裂;我仰望着你的脸,眼泪涌上我的眶里。

我生命中一切的凝涩与矛盾融化成一片甜柔的谐音——我的赞颂像一只欢乐的鸟,振翼飞越海洋。

我知道你欢喜我的歌唱。我知道只因为我是个歌者，才能走到你的面前。

我用我的歌曲的远伸的翅梢，触到了你的双脚，那是我从来不敢想望触到的。

在歌唱中陶醉，我忘了自己，你本是我的主人，我却称你为朋友。

3

我不知道你怎样地唱，我的主人！我总在惊奇地静听。

你的音乐的光辉照亮了世界。你的音乐的气息透彻诸天。你的音乐的圣泉冲过一切阻挡的岩石，向前奔涌。

我的心渴望和你合唱，而挣扎不出一点声音。我想说话，但是言语不成歌曲，我叫不出来。呵，你使我的心变成了你的音乐的漫天大网中的俘虏，我的主人！

4

我生命的生命，我要保持我的躯体永远纯洁，因为我知道你的生命的摩抚，接触着我的四肢。

我要永远从我的思想中屏除虚伪，因为我知道你就是那在我心中燃起理智之火的真理。

我要从我心中驱走一切的丑恶,使我的爱开花,因为我知道你在我的心宫深处安设了座位。

我要努力在我的行为上表现你,因为我知道是你的威力,给我力量来行动。

5

请容我懈怠一会儿,来坐在你的身旁。我手边的工作等一下子再去完成。

不在你的面前,我的心就不知道什么是安逸和休息,我的工作变成了无边的劳役海中的无尽的劳役。

今天,炎暑来到我的窗前,轻嘘微语;群蜂在花树的宫廷中尽情弹唱。

这正是应该静坐的时光,和你相对,在这静寂和无边的闲暇里唱出生命的献歌。

6

摘下这朵花来,拿了去罢,不要迟延!我怕它会萎谢了,掉在尘土里。

它也许配不上你的花冠，但请你采折它，以你手采折的痛苦来给它光宠。我怕在我警觉之先，日光已逝，供献的时间过了。

虽然它颜色不深，香气很淡，请仍用这花来礼拜，趁着还有时间，就采折罢。

7

我的歌曲把她的妆饰卸掉。她没有了衣饰的骄奢。妆饰会成为我们合一之玷；它们会横阻在我们之间，它们丁当的声音会掩没了你的细语。

我的诗人的虚荣心，在你的容光中羞死。呵，诗圣，我已经拜倒在你的脚前。只让我的生命简单正直像一支苇笛，让你来吹出音乐。

8

那穿起王子的衣袍和挂起珠宝项链的孩子，在游戏中他失去了一切的快乐；他的衣服绊着他的步履。

为怕衣饰的破裂和污损，他不敢走进世界，甚至于不敢挪动。

母亲,这是毫无好处的,如你的华美的约束,使人和大地健康的尘土隔断,把人进入日常生活的盛大集会的权利剥夺去了。

9

呵,傻子,想把自己背在肩上!呵,乞人,来到你自己门口求乞!

把你的负担卸在那双能担当一切的手中罢,永远不要惋惜地回顾。

你的欲望的气息,会立刻把它接触到的灯火吹灭。它是不圣洁的——不要从它不洁的手中接受礼物。只领受神圣的爱所付予的东西。

10

这是你的脚凳,你在最贫最贱最失所的人群中歇足。

我想向你鞠躬,我的敬礼不能达到你歇足地方的深处——那最贫最贱最失所的人群中。

你穿着破敝的衣服,在最贫最贱最失所的人群中行走,骄傲永远不能走近这个地方。

你和那最没有朋友的最贫最贱最失所的人们做伴,我的心永远找不到那个地方。

11

把礼赞和数珠撇在一边罢!你在门窗紧闭幽暗孤寂的殿角里,向谁礼拜呢?睁开眼你看,上帝不在你的面前!

他是在锄着枯地的农夫那里,在敲石的造路工人那里。太阳下,阴雨里,他和他们同在,衣袍上蒙着尘土。脱掉你的圣袍,甚至像他一样的下到泥土里去罢!

超脱吗?从哪里找超脱呢?我们的主已经高高兴兴地把创造的锁链戴起;他和我们大家永远联系在一起。

从静坐里走出来罢,丢开供养的香花!你的衣服污损了又何妨呢?去迎接他,在劳动里,流汗里,和他站在一起罢。

12

我旅行的时间很长,旅途也是很长的。

天刚破晓,我就驱车起行,穿遍广漠的世界,在许多星球之上,留下辙痕。

离你最近的地方,路途最远,最简单的音调,需要最艰苦的练习。

旅客要在每一个生人门口敲叩,才能敲到自己的家门,人要在外面到处漂流,最后才能走到最深的内殿。

我的眼睛向空阔处四望,最后才合上眼说:"你原来在这里!"

这句问话和呼唤"呵,在哪儿呢?"融化在千股的泪泉里,和你保证的回答"我在这里!"的洪流,一同泛滥了全世界。

13

我要唱的歌,直到今天还没有唱出。

每天我总在乐器上调理弦索。

时间还没有到来,歌词也未曾填好;只有愿望的痛苦在我心中。

花蕊还未开放;只有风从旁叹息走过。

我没有看见过他的脸,也没有听见过他的声音;我只听见他轻蹑的足音,从我房前路上走过。

悠长的一天消磨在为他在地上铺设座位;但是灯火还未点上,我不能请他进来。

我生活在和他相会的希望中,但这相会的日子还没有来到。

14

我的欲望很多，我的哭泣也很可怜，但你永远用坚决的拒绝来拯救我；这刚强的慈悲已经紧密地交织在我的生命里。

你使我一天一天地更配领受你自动的简单伟大的赐予——这天空和光明，这躯体和生命与心灵——把我从极欲的危险中拯救了出来。

有时候我懈怠地捱延，有时候我急忙警觉寻找我的路向；但是你却忍心地躲藏起来。

你不断地拒绝我，从软弱动摇的欲望的危险中拯救了我，使我一天一天地更配得你完全的接纳。

15

我来为你唱歌。在你的厅堂中，我坐在屋角。

在你的世界中我无事可做；我无用的生命只能放出无目的的歌声。

在你黑暗的殿中，夜半敲起默祷的钟声的时候，命令我罢，我的主人，来站在你面前歌唱。

当金琴在晨光中调好的时候，宠赐我罢，命令我来到你的面前。

16

我接到这世界节日的请柬,我的生命受了祝福。我的眼睛看见了美丽的景象,我的耳朵也听见了醉人的音乐。

在这宴会中,我的任务是奏乐,我也尽力演奏了。

现在,我问,那时间终于来到了吗?我可以进去瞻仰你的容颜,并献上我静默的敬礼吗?

17

我只在等候着爱,要最终把我交在他手里。这是我迟误的原因,我对这延误负咎。

他们要用法律和规章,来紧紧地约束我;但是我总是躲着他们,因为我只等候着爱,要最终把我交在他手里。

人们责备我,说我不理会人;我也知道他们的责备是有道理的。

市集已过,忙人的工作都已完毕。叫我不应的人都已含怒回去。我只等候着爱,要最终把我交在他手里。

18

云霾堆积,黑暗渐深。呵,爱,你为什么让我独在门外等候?

在中午工作最忙的时候,我和大家在一起,但在这黑暗寂寞的日子,我只企望着你。

若是你不容我见面,若是你完全把我抛弃,我真不知将如何度过这悠长的雨天。

我不住地凝望遥远的阴空,我的心和不宁的风一同彷徨悲叹。

19

若是你不说话,我就含忍着,以你的沉默来填满我的心。我要沉静地等候,像黑夜在星光中无眠,忍耐地低首。

清晨一定会来,黑暗也要消隐,你的声音将划破天空从金泉中下注。

那时你的话语,要在我的每一鸟巢中生翼发声,你的音乐,要在我林丛繁花中盛开怒放。

20

　　莲花开放的那天,唉,我不自觉地在心魂飘荡。我的花篮空着,花儿我也没有理睬。

　　不时的有一段忧愁来袭击我,我从梦中惊起,觉得南风里有一阵奇香的芳踪。

　　这迷茫的温馨,使我想望得心痛,我觉得这仿佛是夏天渴望的气息,寻求圆满。

　　我那时不晓得它离我是那么近,而且是我的,这完美的温馨,还是在我自己心灵的深处开放。

21

　　我必须撑出我的船去。时光都在岸边捱延消磨了——不堪的我呵!

　　春天把花开过就告别了。如今落红遍地,我却等待而又留连。

　　潮声渐喧,河岸的荫滩上黄叶飘落。

　　你凝望着的是何等的空虚!你不觉得有一阵惊喜和对岸遥远的歌声从天空中一同飘来吗?

22

在七月淫雨的浓阴中，你用秘密的脚步行走，夜一般的轻悄，躲过一切的守望的人。

今天，清晨闭上眼，不理连连呼喊的狂啸的东风，一张厚厚的纱幕遮住永远清醒的碧空。

林野住了歌声，家家闭户。在这冷寂的街上，你是孤独的行人。呵，我唯一的朋友，我最爱的人，我的家门是开着的——不要梦一般地走过罢。

23

在这暴风雨的夜晚你还在外面作爱的旅行吗，我的朋友？天空像失望者在哀号。

我今夜无眠。我不断地开门向黑暗中瞭望，我的朋友！

我什么都看不见。我不知道你要走哪一条路！

是从墨黑的河岸上，是从远远的愁惨的树林边，是穿过昏暗迂回的曲径，你摸索着来到我这里吗，我的朋友？

24

假如一天已经过去了,鸟儿也不歌唱,假如风也吹倦了,那就用黑暗的厚幕把我盖上罢,如同你在黄昏时节用睡眠的衾被裹上大地,又轻柔地将睡莲的花瓣合上。

旅客的行程未达,粮袋已空,衣裳破裂污损,而又筋疲力尽,你解除了他的羞涩与困穷,使他的生命像花朵一样在仁慈的夜幕下苏醒。

25

在这困倦的夜里,让我帖服地把自己交给睡眠,把信赖托付给你。

让我不去勉强我的萎靡的精神,来准备一个对你敷衍的礼拜。

是你拉上夜幕盖上白日的倦眼,使这眼神在醒觉的清新喜悦中,更新了起来。

26

他来坐在我的身边,而我没有醒起。多么可恨的睡眠,唉,不幸的我呵!

他在静夜中来到;手里拿着琴,我的梦魂和他的音乐起了共鸣。

唉,为什么每夜就这样地虚度了?呵,他的气息接触了我的睡眠,为什么我总看不见他的面?

27

灯火,灯火在哪里呢?用熊熊的渴望之火把它点上罢!

灯在这里,却没有一丝火焰——这是你的命运吗,我的心呵!你还不如死了好!

悲哀在你门上敲着,她传话说你的主醒着呢,他叫你在夜的黑暗中奔赴爱的约会。

云雾遮满天空,雨也不停地下。我不知道我心里有什么在动荡——我不懂得它的意义。

一霎的电光,在我的视线上抛下一道更深的黑暗,我的心摸索着寻找那夜的音乐对我呼唤的径路。

灯火,灯火在哪里呢?用熊熊的渴望之火把它点上罢!雷声在响,狂风怒吼着穿过天空。夜像黑岩一般的黑。不要让时间在黑暗中度过罢。用你的生命把爱的灯点上罢。

28

罗网是坚韧的,但是要撕破它的时候我又心痛。

我只要自由,为希望自由我却觉得羞愧。

我确知那无价之宝是在你那里,而且你是我最好的朋友,但我却舍不得清除我满屋的俗物。

我身上披的是尘灰与死亡之衣;我恨它,却又热爱地把它抱紧。

我的债务很多,我的失败很大,我的耻辱秘密而又深重;但当我来求福的时候,我又战栗,唯恐我的祈求得了允诺。

29

被我用我的名字囚禁起来的那个人,在监牢中哭泣。我每天不停地筑着围墙;当这道围墙高起接天的时候,我的真我便被高墙的黑影遮断不见了。

我以这道高墙自豪,我用沙土把它抹严,唯恐在这名字上还留着一丝罅隙;我煞费了苦心,我也看不见了真我。

30

我独自去赴幽会。是谁在暗寂中跟着我呢?

我走开躲他,但是我逃不掉。

他昂首阔步,使地上尘土飞扬;我说出的每一个字里,都掺杂着他的喊叫。

他就是我的小我,我的主,他恬不知耻;但和他一同到你门前,我却感到羞愧。

31

"囚人,告诉我,谁把你捆起来的?"

"是我的主人,"囚人说,"我以为我的财富与权力胜过世界上一切的人,我把我的国王的钱财聚敛在自己的宝库里。我昏困不过,睡在我主的床上,一觉醒来,我发现我在自己的宝库里做了囚人。"

"囚人,告诉我,是谁铸的这条坚牢的锁链?"

"是我,"囚人说,"是我自己用心铸造的。我以为我的无敌的权力会征服世界,使我有无碍的自由。我日夜用烈火重锤打造了这条铁链。等到工作完成,铁链坚牢完善,我发现这铁链把我捆住了。"

32

尘世上那些爱我的人，用尽方法拉住我。你的爱就不是那样，你的爱比他们的伟大得多，你让我自由。

他们从不敢离开我，恐怕我把他们忘掉。但是你，日子一天一天地过去，你还没有露面。

若是我不在祈祷中呼唤你，若是我不把你放在心上，你爱我的爱情仍在等待着我的爱。

33

白天的时候，他们来到我的房子里说："我们只占用最小的一间屋子。"

他们说："我们要帮忙你礼拜你的上帝，而且只谦恭地领受我们应得的一份恩典。"他们就在屋角安静谦柔地坐下。

但是在黑夜里，我发现他们强暴地冲进我的圣堂，贪婪地攫取了神坛上的祭品。

34

只要我一息尚存,我就称你为我的一切。

只要我真诚不灭,我就感觉到你在我的四围,任何事情,我都来请教你,任何时候都把我的爱献上给你。

只要我一息尚存,我就永不把你藏匿起来。

只要把我和你的意旨锁在一起的脚镣,还留着一小段,你的意旨就在我的生命中实现——这脚镣就是你的爱。

35

在那里,心是无畏的,头也抬得高昂;

在那里,知识是自由的;

在那里,世界还没有被狭小的家国的墙隔成片段;

在那里,话是从真理的深处说出;

在那里,不懈的努力向着"完美"伸臂;

在那里,理智的清泉没有沉没在积习的荒漠之中;

在那里,心灵是受你的指引,走向那不断放宽的思想与行为——

进入那自由的天国,我的父呵,让我的国家觉醒起来罢。

36

这是我对你的祈求,我的主——请你铲除,铲除我心里贫乏的根源。

赐给我力量使我能清闲地承受欢乐与忧伤。

赐给我力量使我的爱在服务中得到果实。

赐给我力量使我永不抛弃穷人也永不向淫威屈膝。

赐给我力量使我的心灵超越于日常琐事之上。

再赐给我力量使我满怀爱意地把我的力量服从你意志的指挥。

37

我以为我的精力已竭,旅程已终——前路已绝,储粮已尽,退隐在静默鸿蒙中的时间已经到来。

但是我发现你的意志在我身上不知有终点。旧的言语刚在舌尖上死去,新的音乐又从心上迸来;旧辙方迷,新的田野又在面前奇妙地展开。

38

我需要你,只需要你——让我的心不停地重述这句话。日夜引诱我的种种欲念,都是透顶的诈伪与空虚。

就像黑夜隐藏在祈求光明的朦胧里,在我潜意识的深处也响出呼声——我需要你,只需要你。

正如风暴用全力来冲击平静,却寻求终止于平静,我的反抗冲击着你的爱,而它的呼声也还是——我需要你,只需要你。

39

在我的心坚硬焦躁的时候,请洒我以慈霖。

当生命失去恩宠的时候,请赐我以欢歌。

当烦杂的工作在四围喧闹,使我和外界隔绝的时候,我的宁静的主,请带着你的和平与安息来临。

当我乞丐似的心,蹲闭在屋角的时候,我的国王,请你以王者的威仪破户而入。

当欲念以诱惑与尘埃来迷蒙我的心眼的时候,呵,圣者,你是清醒的,请你和你的雷电一同降临。

40

在我干枯的心上，好多天没有受到雨水的滋润了，我的上帝。天边是可怕的赤裸——没有一片轻云的遮盖，没有一丝远雨的凉意。

如果你愿意，请降下你的死黑的盛怒的风雨，以闪电震慑诸天罢。

但是请你召回，我的主，召回这弥漫沉默的炎热罢，它是沉重尖锐而又残忍，用可怕的绝望焚灼人心。

让慈云低垂下降，像在父亲发怒的时候，母亲的含泪的眼光。

41

我的情人，你站在大家背后，藏在何处的阴影中呢？在尘土飞扬的道上，他们把你推开走过，没有理睬你。在乏倦的时间，我摆开礼品来等候你，过路的人把我的香花一朵一朵地拿去，我的花篮几乎空了。

清晨，中午都过去了。暮色中，我倦眼蒙眬。回家的人们瞟着我微笑，使我满心羞惭。我像女丐一般地坐着，拉起裙儿盖上脸，当他们问我要什么的时候，我垂目没有答应。

呵，真的，我怎能告诉他们说我是在等候你，而且你也应许说你一定会来。我又怎能抱愧地说我的妆奁就是贫穷。呵，我在我心的微隐处紧抱着这一段骄荣。

我坐在草地上凝望天空，梦想着你来临时候那忽然炫耀的豪华——万彩交辉，车辇上金旗飞扬，在道旁众目睽睽之下，你从车座下降，把我从尘埃中扶起坐在你的旁边，这褴褛的丐女，含羞带喜，像蔓藤在暴风中颤摇。

但是时间流过了，还听不见你的车辇的轮声。许多仪仗队伍都在光彩喧阗中走过了。你只要静默地站在他们背后吗？我只能哭泣着等待，把我的心折磨在空虚的伫望之中吗？

42

在清晓的密语中，我们约定了同去泛舟，世界上没有一个人知道我们这无目的无终止的遨游。

在无边的海洋上，在你静听的微笑中，我的歌唱抑扬成调，像海波一般的自由，不受字句的束缚。

时间还没有到吗？你还有工作要做吗？看罢，暮色已经笼罩海岸，苍茫里海鸟已群飞归巢。

谁知道什么时候可以解开链索，这只船会像落日的余光，消融在黑夜之中呢？

43

那天我没有准备好来等候你,我的国王,你就像一个素不相识的平凡的人,自动地进到我的心里,在我生命的许多流逝的时光中,盖上了永生的印记。

今天我偶然照见了你的签印,我发现它们和我遗忘了的日常哀乐的回忆,杂乱地散掷在尘埃里。

你不曾鄙夷地避开我童年时代在尘土中的游戏,我在游戏室里所听见的足音,和在群星中的回响是相同的。

44

阴晴无定,夏至雨来的时节,在路旁等候瞭望,是我的快乐。

从不可知的天空带信来的使者们,向我致意又向前赶路。我衷心欢畅,吹过的风带着清香。

从早到晚我在门前坐地,我知道我一看见你,那快乐的时光便要突然来到。

这时我自歌自笑。这时空气里也充满着应许的芬芳。

45

你没有听见他静悄的脚步吗?他正在走来,走来,一直不停地走来。

每一个时间,每一个年代,每日每夜,他总在走来,走来,一直不停地走来。

在许多不同的心情里,我唱过许多歌曲,但在这些歌调里,我总在宣告说:"他正在走来,走来,一直不停地走来。"

四月芬芳的晴天里,他从林径中走来,走来,一直不停地走来。

七月阴暗的雨夜中,他坐着隆隆的云辇,前来,前来,一直不停在前来。

愁闷相继之中,是他的脚步踏在我的心上,是他的双脚的黄金般的接触,使我的快乐发出光辉。

46

我不知道从久远的什么时候,你就一直走近来迎接我。

你的太阳和星辰永不能把你藏起使我看不见你。

在许多清晨和傍晚,我曾听见你的足音,你的使者曾秘密地到我心里来召唤。

我不知道为什么今天我的生活完全激动了,一种狂欢的感觉穿过了我的心。

这就像结束工作的时间已到,我感觉到在空气中有你光降的微馨。

47

夜已将尽,等他又落了空。我怕在清晨我正在倦睡的时候,他忽然来到我的门前。呵,朋友们,给他开着门罢——不要拦阻他。

若是他的脚声没有把我惊醒,请不要叫醒我。我不愿意小鸟嘈杂的合唱,和庆祝晨光的狂欢的风声,把我从睡梦中吵醒。即使我的主突然来到我的门前,也让我无扰地睡着。

呵,我的睡眠,宝贵的睡眠,只等着他的摩触来消散。呵,我的合着的眼,只在他微笑的光中才开睫,当他像从洞黑的睡眠里浮现的梦一般地站立在我面前。

让他作为最初的光明和形象,来呈现在我的眼前。让他的眼光成为我觉醒的灵魂最初的欢跃。

让我自我的返回成为向他立地的皈依。

48

清晨的静海,漾起鸟语的微波;路旁的繁花,争妍斗艳;在我们匆忙赶路无心理睬的时候,云隙中散射出灿烂的金光。

我们不唱欢歌,也不嬉游;我们也不到村集上去交易;我们一语不发,也不微笑;我们不在路上留连。时间流逝,我们也加速了脚步。

太阳升到中天,鸽子在凉阴中叫唤。枯叶在正午的炎风中飞舞。牧童在榕树下做他的倦梦,我在水边卧下,在草地上展布我困乏的四肢。

我的同伴们嘲笑我;他们抬头疾走;他们不回顾也不休息;他们消失在远远的碧霭之中。他们穿过许多山林,经过生疏遥远的地方。长途上的英雄队伍呵,光荣是属于你们的!讥笑和责备要促我起立,但我却没有反应。我甘心没落在乐于接受的耻辱的深处——在模糊的快乐阴影之中。

阳光织成的绿阴的幽静,慢慢在笼罩着我的心。我忘记了旅行的目的,我无抵抗地把我的心灵交给阴影与歌曲的迷宫。

最后,我从沉睡中睁开眼,我看见你站在我身旁,我的睡眠沐浴在你的微笑之中。我从前是如何地惧怕,怕这道路的遥远困难,到你面前的努力是多么艰苦呵!

49

你从宝座上下来,站在我草舍门前。

我正在屋角独唱,歌声被你听到了。你下来站在我草舍门前。

在你的广厅里有许多名家,一天到晚都有歌曲在唱。但是这初学的简单的音乐,却得到了你的赏识。一支忧郁的小调,和世界的伟大音乐融合了,你还带了花朵作为奖赏,下了宝座停留在我的草舍门前。

50

我在村路上沿门求乞的时候,你的金辇像一个华丽的梦从远处出现,我在猜想这位万王之王是谁!

我的希望高升,我觉得我苦难的日子将要告终,我站着等候你自动的施与,等待那散掷在尘埃里的财宝。

车辇在我站立的地方停住了。你看到我,微笑着下车。我觉得我的运气到底来了。忽然你伸出右手来说:"你有什么给我呢?"

呵,这开的是什么样的帝王的玩笑,向一个乞丐伸手求乞!我糊涂了,犹疑地站着,然后从我的口袋里慢慢地拿出一粒最小的玉米献上给你。

但是我一惊不小,当我在晚上把口袋倒在地上的时候,在我乞讨来的粗劣东西之中,我发现了一粒金子,我痛哭了,恨我没有慷慨地将我所有都献给你。

51

夜深了。我们一天的工作都已做完。我们以为投宿的客人都已来到。村里家家都已闭户了。只有几个人说,国王是要来的。我们笑了说:"不会的,这是不可能的事!"

仿佛门上有敲叩的声音,我们说那不过是风。我们熄灯就寝。只有几个人说:"这是使者!"我们笑了说:"不是,这一定是风!"

在死沉沉的夜里传来一个声音。朦胧中我们以为是远远的雷响。墙摇地动,我们在睡眠里受了惊扰。只有几个人说:"这是车轮的声音。"我们昏困地嘟哝着说:"不是,这一定是雷响!"

鼓声响起的时候天还没亮。有声音喊着说:"醒来罢!别耽误了!"我们拿手按住心口,吓得发抖。只有几个人说:"看哪,这是国王的旗子!"我们爬起来站着叫:"没有时间再耽误了!"

国王已经来了——但是灯火在哪里呢,花环在哪里呢?给他预备的宝座在哪里呢？呵，丢脸，呵，太丢脸了！客厅在哪里，陈设又在哪里呢？有几个人说了："叫也无用了！用空手来迎接他罢，带他到你的空房里去罢！"

开起门来，吹起法螺罢！在深夜中国王降临到我黑暗凄凉的房子里了。空中雷声怒吼。黑暗和闪电一同颤抖。拿出你的破席铺在院子里罢。我们的国王在可怖之夜与暴风雨一同突然来到了。

52

我想我应当向你请求——可是我又不敢——你那挂在颈上的玫瑰花环。这样我等到早上，想在你离开的时候，从你床上找到些碎片。我像乞丐一样破晓就来寻找，只为着一两片散落的花瓣。

呵，我呵，我找到了什么呢？你留下了什么爱的表记呢？那不是花朵，不是香料，也不是一瓶香水。那是你的一把巨剑，火焰般放光，雷霆般沉重。清晨的微光从窗外射到床上。晨鸟喊喊喳喳着问："女人，你得到了什么呢？"不，这不是花朵，不是香料，也不是一瓶香水——这是你的可畏的宝剑。

我坐着猜想，你这是什么礼物呢？我没有地方去藏放它。我不好意思佩带它，我是这样的柔弱，当我抱它在怀里的时候，它就把我压痛了。但是我要把这光宠铭记在心，你的礼物，这痛苦的负担。

从今起在这世界上我将没有畏惧，在我的一切奋斗中你将得到胜利。你留下死亡和我做伴，我将以我的生命给他加冕。我带着你的宝剑来斩断我的羁勒，在世界上我将没有畏惧。

从今起我要抛弃一切琐碎的装饰。我心灵的主，我不再在一隅等待哭泣，也不再畏怯娇羞。你已把你的宝剑给我佩带。我不再要玩偶的装饰品了！

53

你的手镯真是美丽，镶着星辰，精巧地嵌着五光十色的珠宝。但是依我看来你的宝剑是更美的，那弯弯的闪光像毗湿奴的神鸟展开的翅翼，完美地平悬在落日怒发的红光里。

它颤抖着像生命受死亡的最后一击时，在痛苦的昏迷中的最后反应；它炫耀着像将尽的世情的纯焰，最后猛烈的一闪。

你的手镯真是美丽，镶着星辰般的珠宝；但是你的宝剑，呵，雷霆的主，是铸得绝顶美丽，看到想到都是可畏的。

54

我不向你求什么；我不向你耳中陈述我的名字。当你离开的时候我静默地站着。我独立在树影横斜的井旁，女人们已顶着褐色的瓦罐盛满了水回家了。她们叫我说："和我们一块来罢，都快到了中午了。"但我仍在慵倦地留连，沉入恍惚的默想之中。

你走来时我没有听到你的足音。你含愁的眼望着我，你低语的时候声音是倦乏的——"呵，我是一个干渴的旅客。"我从幻梦中惊起把我罐里的水倒在你掬着的手掌里。树叶在头上萧萧地响着；杜鹃在幽暗处歌唱，曲径里传来胶树的花香。

当你问到我的名字的时候，我羞得悄立无言。真的，我替你做了什么，值得你的忆念？但是我幸能给你饮水止渴的这段回忆，将温馨地贴抱在我的心上。天已不早，鸟儿唱着倦歌，楝树叶子在头上沙沙作响，我坐着反复地想了又想。

55

乏倦压在你的心上，你眼中尚有睡意。

你没有得到消息说荆棘丛中花朵正在盛开吗？醒来罢，呵，醒来！不要让光阴虚度了！

在石径的尽头，在幽静无人的田野里，我的朋友在独坐着。不要欺骗他罢。醒来，呵，醒来罢！

即使正午的骄阳使天空喘息摇颤——即使灼热的沙地展布开它干渴的巾衣——

在你心的深处难道没有快乐吗?你的每一个足音,不会使道路的琴弦进出痛苦的柔音吗?

56

只因你的快乐是这样地充满了我的心。只因你曾这样地俯就我。呵,你这诸天之王,假如没有我,你还爱谁呢?

你使我做了你这一切财富的共享者。在我心里你的欢乐不住地遨游。在我生命中你的意志永远实现。

因此,你这万王之王曾把自己修饰了来赢取我的心。因此你的爱也消融在你情人的爱里,在那里,你又以我俩完全合一的形象显现。

57

光明,我的光明,充满世界的光明,吻着眼目的光明,甜沁心腑的光明!

呵,我的宝贝,光明在我生命的一角跳舞;我的宝贝,光明在勾拨我爱的心弦;天开了,大风狂奔,笑声响彻大地。

蝴蝶在光明海上展开翅帆。百合与茉莉在光波的浪花上翻涌。

我的宝贝，光明在每朵云彩上散映成金，它洒下无量的珠宝。

我的宝贝，快乐在树叶间伸展，欢喜无边。天河的堤岸淹没了，欢乐的洪水在四散奔流。

58

让一切欢乐的歌调都融合在我最后的歌中——那使大地草海欢呼摇动的快乐，那使生和死两个孪生弟兄，在广大的世界上跳舞的快乐，那和暴风雨一同卷来，用笑声震撼惊醒一切的生命的快乐，那含泪默坐在盛开的痛苦的红莲上的快乐，那不知所谓，把一切所有抛掷于尘埃中的快乐。

59

是的，我知道，这只是你的爱，呵，我心爱的人——这在树叶上跳舞的金光，这些驶过天空的闲云，这使我头额清爽的吹过的凉风。

清晨的光辉涌进我的眼睛——这是你传给我心的消息。你的脸容下俯，你的眼睛下望着我的眼睛，我的心接触到了你的双足。

60

孩子们在无边的世界的海滨聚会。头上是静止的无垠的天空，不宁的海波奔腾喧闹。在无边的世界的海滨，孩子们欢呼跳跃地聚会着。

他们用沙子盖起房屋，用空贝壳来游戏。他们把枯叶编成小船，微笑着把它们漂浮在深远的海上。孩子在世界的海滨做着游戏。

他们不会凫水，他们也不会撒网。采珠的人潜水寻珠，商人们奔波航行，孩子们收集了石子却又把它们丢弃了。他们不搜求宝藏，他们也不会撒网。

大海涌起了喧笑，海岸闪烁着苍白的微笑。致人死命的波涛，像一个母亲在摇着婴儿的摇篮一样，对孩子们唱着无意义的谣歌。大海在同孩子们游戏，海岸闪烁着苍白的微笑。

孩子们在无边的世界的海滨聚会。风暴在无路的天空中飘游，船舶在无轨的海上破碎，死亡在猖狂，孩子们却在游戏。在无边的世界的海滨，孩子们盛大地聚会着。

61

这掠过婴儿眼上的睡眠——有谁知道它是从哪里来的吗？

是的，有谣传说它住在林荫中，萤火朦胧照着的仙村里，那里挂着两颗甜柔迷人的花蕊。它从那里来吻着婴儿的眼睛。

在婴儿睡梦中唇上闪现的微笑——有谁知道它是从哪里生出来的吗？是的，有谣传说一线新月的微笑，触到了消散的秋云的边缘，微笑就在被朝雾洗净的晨梦中，第一次生出来了——这就是那婴儿睡梦中唇上闪现的微笑。

在婴儿的四肢上，花朵般喷发的甜柔清新的生气，有谁知道它是在哪里藏了这么许久吗？是的，当母亲还是一个少女，它就在温柔安静的爱的神秘中，充塞在她的心里了——这就是那婴儿四肢上喷发的甜柔新鲜的生气。

62

当我送你彩色玩具的时候，我的孩子，我了解为什么云中水上会幻弄出这许多颜色，为什么花朵都用颜色染起——当我送你彩色玩具的时候，我的孩子。

当我唱歌使你跳舞的时候，我彻底地知道为什么树叶上响出音乐，为什么波浪把它们的合唱送进静听的大地的心头——当我唱歌使你跳舞的时候。

当我把糖果递到你贪婪的手中的时候，我懂得为什么花心里有蜜，为什么水果里隐藏着甜汁——当我把糖果递到你贪婪的手中的时候。

当我吻你的脸使你微笑的时候，我的宝贝，我的确了解晨光从天空流下时，是怎样地高兴，暑天的凉风吹到我身上时是怎样地愉快——当我吻你的脸使你微笑的时候。

63

你使不相识的朋友认识了我。你在别人家里给我准备了座位。你缩短了距离，你把生人变成弟兄。

在我必须离开故居的时候，我心里不安；我忘了是旧人迁入新居，而且你也住在那里。

通过生和死，今生或来世，无论你带领我到哪里，都是你，仍是你，我的无穷生命中的唯一伴侣，永远用欢乐的系链，把我的心和陌生的人联系在一起。

人一认识了你，世上就没有陌生的人，也没有了紧闭的门户。呵，请允许我的祈求，使我在与众生游戏之中，永不失去和你单独接触的福祉。

64

在荒凉的河岸上，深草丛中，我问她："姑娘，你用披纱遮着灯，要到哪里去呢？我的房子黑暗寂寞——把你的灯借给我罢。"她抬起乌黑的眼睛,从暮色中看了我一会。"我到河边来,"她说,"要在太阳西下的时候,把我的灯漂浮到水上去。"我独立在深草中看着她的灯的微弱的火光,无用地在潮水上漂流。

在薄暮的寂静中,我问她:"你的灯火都已点上了——那么你拿着这灯到哪里去呢?我的房子黑暗寂寞,——把你的灯借给我罢。"她抬起乌黑的眼睛望着我的脸,站着沉吟了一会。最后她说:"我来是要把我的灯献给上天。"我站着看她的灯光在天空中无用地燃点着。

在无月的夜半朦胧之中,我问她:"姑娘,你做什么把灯抱在心前呢?我的房子黑暗寂寞——把你的灯借给我罢。"她站住沉思了一会,在黑暗中注视着我的脸。她说:"我是带着我的灯,来参加灯节的。"我站着看着她的灯,无用地消失在众光之中。

65

我的上帝,从我满溢的生命之杯中,你要饮什么样的圣酒呢?

通过我的眼睛,来观看你自己的创造物,站在我的耳门上,来静听你自己的永恒的谐音,我的诗人,这是你的快乐吗?

你的世界在我的心灵里织上字句,你的快乐又给它们加上音乐。你把自己在梦中交给了我,又通过我来感觉你自己的完满的甜柔。

66

那在神光离合之中,潜藏在我生命深处的她;那在晨光中永远不肯揭开面纱的她,我的上帝,我要用最后的一首歌把她包裹起来,作为我给你的最后的献礼。

无数求爱的话,都已说过,但还没有赢得她的心;劝诱向她伸出渴望的臂,也是枉然。

我把她深藏在心里,到处漫游,我生命的荣枯围绕着她起落。

她统治着我的思想,行动和睡梦,她却自己独居索处。

许多的人叩我的门来访问她,都失望地回去。

在这世界上从没有人和她面对过,她在孤守着静待你的赏识。

67

你是天空,你也是窝巢。

呵,美丽的你,在窝巢里就是你的爱,用颜色、声音和香气来围拥住灵魂。

在那里，清晨来了，右手提着金筐，带着美的花环，静静地替大地加冕。

在那里，黄昏来了，越过无人畜牧的荒林，穿过车马绝迹的小径，在她的金瓶里带着安靖的西方海上和平的凉飙。

但是在那里，纯白的光辉，统治着伸展着的为灵魂翱翔的无际的天空。在那里无昼无夜，无形无色，而且永远，永远无有言说。

68

你的阳光射到我的地上，整天地伸臂站在我门前，把我的眼泪、叹息和歌曲变成的云彩，带回放在你的足边。

你喜爱地将这云带缠围在你的星胸之上，绕成无数的形式和褶纹，还染上变幻无穷的色彩。

它是那样的轻柔，那样的飘扬，温软，含泪而黯淡，因此你就爱惜它，呵，你这庄严无瑕者。这就是为什么它能够以它可怜的阴影遮掩你的可畏的白光。

69

就是这股生命的泉水，日夜流穿我的血管，也流穿过世界，又应节地跳舞。

就是这同一的生命，从大地的尘土里快乐地伸放出无数片的芳草，迸发出繁花密叶的波纹。

就是这同一的生命，在潮汐里摇动着生和死的大海的摇篮。

我觉得我的四肢因受着生命世界的爱抚而光荣。我的骄傲，是因为时代的脉搏，此刻在我血液中跳动。

70

这欢欣的音律不能使你欢欣吗？不能使你回旋激荡，消失碎裂在这可怖的快乐旋转之中吗？

万物急遽地前奔，它们不停留也不回顾，任何力量都不能挽住它们，它们急遽地前奔。

季候应和着这急速不宁的音乐，跳舞着来了又去——颜色、声音、香味在这充溢的快乐里，汇注成奔流无尽的瀑泉，时时刻刻地在散溅、退落而死亡。

71

我应当自己发扬光大,四周放射,投映彩影于你的光辉之中——这便是你的幻境。

你在你自身里立起隔栏,用无数不同的音调来呼唤你的分身。你这分身已在我体内形成。

高亢的歌声响彻诸天,在多彩的眼泪与微笑,震惊与希望中回应着;波起复落,梦破又圆。在我里面是你自身的破灭。

你卷起的那重帘幕,是用昼和夜的画笔,绘出了无数的花样。幕后的你的座位,是用奇妙神秘的曲线织成,抛弃了一切无聊的笔直的线条。

你我组成的伟丽的行列,布满了天空。因着你我的歌声,太空都在震颤,一切时代都在你我捉迷藏中度过了。

72

就是他,那最深奥的,用他深隐的摩触使我清醒。

就是他把神符放在我的眼上,又快乐地在我心弦上弹弄出种种哀乐的调子。

就是他用金、银、青、绿的灵幻的色丝,织起幻境的披纱,他的脚趾从衣褶中外露,在他的摩触之下,我忘却了自己。

日来年往，就是他永远以种种名字，种种姿态，种种的深悲和极乐，来打动我的心。

73

在断念屏欲之中，我不需要拯救。在万千欢愉的约束里我感到了自由的拥抱。

你不断地在我的瓦罐里满满地斟上不同颜色、不同芬芳的新酒。

我的世界，将以你的火焰点上他的万盏不同的明灯，安放在你庙宇的坛前。

不，我永不会关上我感觉的门户。视、听、触的快乐会含带着你的快乐。

是的，我的一切幻想会燃烧成快乐的光明，我的一切愿望将结成爱的果实。

74

白日已过，暗影笼罩大地。是我到河边汲水的时候了。

晚空凭着水的凄音流露着切望。呵，它呼唤我出到暮色中来。荒径上断绝人行，风起了，波浪在河里翻腾。

我不知道是否应该回家去。我不知道我会遇见什么人。浅滩的小舟上有个不相识的人正弹着琵琶。

75

你赐给我们世人的礼物，满足了我们一切的需要，可是它们又毫未减少地返回到你那里。

河水有它每天的工作，匆忙地穿过田野和村庄；但它的不绝的水流，又曲折地回来洗你的双脚。

花朵以芬芳熏香了空气；但它最终的任务，是把自己献上给你。

对你供献不会使世界困穷。

人们从诗人的字句里，选取自己心爱的意义；但是诗句的最终意义是指向着你。

76

过了一天又是一天，呵，我生命的主，我能够和你对面站立吗？呵，全世界的主，我能合掌和你对面站立吗？

在广阔的天空下，严静之中，我能够带着虔恭的心，和你对面站立吗？

在你的劳碌的世界里，喧腾着劳作和奋斗，在营营扰扰的人群中，我能和你对面站立吗？

当我已做完了今生的工作，呵，万王之王，我能够独自悄立在你的面前吗？

77

我知道你是我的上帝，却远立在一边——我不知道你是属于我的，就走近你。我知道你是我的父亲，就在你脚前俯伏——我没有像和朋友握手那样地紧握你的手。

我没有在你降临的地方，站立等候，把你抱在胸前，当你做同志，把你占有。

你是我弟兄的弟兄，但是我不理他们，不把我赚得的和他们平分，我以为这样做，才能和你分享我的一切。

在快乐和苦痛里，我都没有站在人类的一边，我以为这样做，才能和你站在一起。

我畏缩着不肯舍生，因此我没有跳入生命的伟大的海洋里。

78

当鸿蒙初辟，繁星第一次射出灿烂的光辉，众神在天上集会，唱着："呵，完美的画图，完全的快乐！"

有一位神忽然叫起来了——"光链里仿佛断了一环，一颗星星走失了。"

他们金琴的弦子猛然折断了，他们的歌声停止了，他们惊惶地叫着——"对了，那颗走失的星星是最美的，她是诸天的光荣！"

从那天起，他们不住地寻找她，众口相传地说，因为她丢了，世界失去了一种快乐。

只在严静的夜里，众星微笑着互相低语说——"寻找是无用的，无缺的完美正笼盖着一切！"

79

假如我今生无缘遇到你，就让我永远感到恨不相逢——让我念念不忘，让我在醒时梦中都怀带着这悲哀的苦痛。

当我的日子在世界的闹市中度过，我的双手满捧着每日的赢利的时候，让我永远觉得我是一无所获——让我念念不忘，让我在醒时梦中都怀带着这悲哀的苦痛。

当我坐在路边，疲乏喘息，当我在尘土中铺设卧具，让我永远记着前面还有悠悠的长路——让我念念不忘，让我在醒时梦中都怀带着这悲哀的苦痛。

当我的屋子装饰好了，箫笛吹起，欢笑声喧的时候，让我永远觉得我还没有请你光临——让我念念不忘,让我在醒时梦中都怀带着这悲哀的苦痛。

80

我像一片秋天的残云,无主地在空中飘荡,呵,我的永远光耀的太阳!你的摩触还没有蒸化了我的水汽,使我与你的光明合一,因此我计算着和你分离的悠长的年月。

假如这是你的愿望,假如这是你的游戏,就请把我这流逝的空虚染上颜色,镀上金辉,让它在狂风中飘浮,舒卷成种种的奇观。

而且假如你愿意在夜晚结束这场游戏,我就在黑暗中,或在灿白晨光的微笑中,在净化的清凉中,溶化消失。

81

在许多闲散的日子,我悼惜着虚度了的光阴。但是光阴并没有虚度,我的主。你掌握了我生命里寸寸的光阴。

你潜藏在万物的心里,培育着种子发芽,蓓蕾绽红,花落结实。

我困乏了,在闲榻上睡眠,想象一切工作都已停歇。早晨醒来,我发现我的园里,却开遍了异蕊奇花。

82

你手里的光阴是无限的,我的主。你的分秒是无法计算的。

夜去明来,时代像花开花落。你晓得怎样来等待。

你的世纪,一个接着一个,来完成一朵小小的野花。

我们的光阴不能浪费,因为没有时间,我们必须争取机缘。我们太穷苦了,决不可迟到。

因此,在我把时间让给每一个性急的,向我索要时间的人,我的时间就虚度了,最后你的神坛上就没有一点祭品。

一天过去,我赶忙前来,怕你的门已经关闭;但是我发现时间还有充裕。

83

圣母呵,我要把我悲哀的眼泪穿成珠链,挂在你的颈上。

星星把光明做成足镯,来装扮你的双足,但是我的珠链要挂在你的胸前。

名利自你而来,也全凭你的予取。但这悲哀却完全是我自己的,当我把它当做祭品献给你的时候,你就以你的恩慈来酬谢我。

84

离愁弥漫世界,在无际的天空中生出无数的情景。

就是这离愁整夜地悄望星辰,在七月阴雨之中,萧萧的树籁变成抒情的诗歌。

就是这笼压弥漫的痛苦,加深而成为爱,欲,而成为人间的苦乐;就是它永远通过诗人的心灵,融化流涌而成为诗歌。

85

当战士们从他们主公的明堂里刚走出来,他们的武力藏在哪里呢?他们的甲胄和干戈藏在哪里呢?

他们显得无助、可怜,当他们从他们主公的明堂走出的那一天,如雨的箭矢向着他们飞射。

当战士们整队走回他们主公的明堂里的时候,他们的武力藏在哪里呢?

他们放下了刀剑和弓矢;和平在他们的额上放光,当他们整队走回他们主公的明堂的那一天,他们把他们生命的果实留在后面了。

86

死亡，你的仆人，来到我的门前。他渡过不可知的海洋临到我家，来传达你的召令。

夜色沉黑，我心中畏惧——但是我要端起灯来，开起门来，鞠躬欢迎他。因为站在我门前的是你的使者。

我要含泪地合掌礼拜他。我要把我心中的财产，放在他脚前，来礼拜他。

他的使命完成了就要回去，在我的晨光中留下了阴影；在我萧条的家里，只剩下孤独的我，作为最后献你的祭品。

87

在无望的希望中，我在房里的每一个角落找她；我找不到她。

我的房子很小，一旦丢了东西就永远找不回来。

但是你的房子是无边无际的，我的主，为着找她，我来到了你的门前。

我站在你薄暮金色的天穹下，向你抬起渴望的眼。

我来到了永恒的边涯，在这里万物不灭——无论是希望，是幸福，或是从泪眼中望见的人面。

呵,把我空虚的生命浸到这海洋里罢,跳进这最深的完满里罢。让我在宇宙的完整里,感觉一次那失去的温馨的接触罢。

88

破庙里的神呵!七弦琴的断线不再弹唱赞美你的诗歌。晚钟也不再宣告礼拜你的时间。你周围的空气是寂静的。

流荡的春风来到你荒凉的居所。它带来了香花的消息——就是那素来供养你的香花,现在却无人来呈献了。

你的礼拜者,那些漂泊的旅人,永远在企望那还未得到的恩典。黄昏来到,灯光明灭于尘影之中,他困乏地带着饥饿的心回到这破庙里来。

许多佳节都在静默中来到,破庙的神呵。许多礼拜之夜,也在无火无灯中度过了。

精巧的艺术家,造了许多新的神像,当他们的末日来到了,便被抛入遗忘的圣河里。

只有破庙的神遗留在无人礼拜的、不死的冷淡之中。

89

我不再高谈阔论了——这是我主的意旨。从那时起我轻声细语。我心里的话要用歌曲低唱出来。

人们急急忙忙地到国王的市场上去,买卖的人都在那里。但在工作正忙的正午,我就早早地离开。

那就让花朵在我的园中开放,虽然花时未到;让蜜蜂在中午奏起他们慵懒的嗡哼。

我曾把充分的时间,用在理欲交战里,但如今是我暇日游侣的雅兴,把我的心拉到他那里去;我也不知道这忽然的召唤,会引到什么突出的奇景。

90

当死神来叩你门的时候,你将以什么贡献他呢?

呵,我要在我客人面前,摆上我的满斟的生命之杯——我决不让它空手回去。

我一切的秋日和夏夜的丰美的收获,我匆促的生命中的一切获得和收藏,在我临终,死神来叩我的门的时候,我都要摆在他的面前。

91

呵，你这生命最后的完成，死亡，我的死亡，来对我低语罢！

我天天地在守望着你；为你，我忍受着生命中的苦乐。

我的一切存在，一切所有，一切希望，和一切的爱，总在深深的秘密中向你奔流。你的眼睛向我最后一盼，我的生命就永远是你的。

花环已为新郎编好。婚礼行过，新娘就要离家，在静夜里和她的主人独对了。

92

我知道这日子将要到来，当我眼中的人世渐渐消失，生命默默地向我道别，把最后的帘幕拉过我的眼前。

但是星辰将在夜中守望，晨曦仍旧升起，时间像海波的汹涌，激荡着欢乐与哀伤。

当我想到我的时间的终点，时间的隔栏便破裂了，在死的光明中，我看见了你的世界和这世界里弃置的珍宝。最低的座位是极其珍奇的，最小的生物也是世间少有的。

我追求而未得到和我已经得到的东西——让它们过去罢。只让我真正地据有了那些我所轻视和忽略的东西。

93

我已经请了假。弟兄们,祝我一路平安罢!我向你们大家鞠了躬就启程了。

我把我门上的钥匙交还——我把房子的所有权都放弃了。我只请求你们最后的几句好话。

我们做过很久的邻居,但是我接受得多,给与得少。现在天已破晓,我黑暗屋角的灯光已灭。召命已来,我就准备启行了。

94

在我动身的时光,祝我一路福星罢,我的朋友们!天空里晨光辉煌,我的前途是美丽的。

不要问我带些什么到那边去。我只带着空空的手和企望的心。

我要戴上我婚礼的花冠。我穿的不是红褐色的行装,虽然间关险阻,我心里也没有惧怕。

旅途尽处,晚星将生,从王宫的门口将弹出黄昏的凄乐。

95

当我刚跨过此生的门槛的时候,我并没有发觉。

是什么力量使我在这无边的神秘中开放,像一朵嫩蕊,中夜在森林里开花!

早起我看到光明,我立刻觉得在这世界里我不是一个生人,那不可思议、不可名状的,已以我自己母亲的形象,把我抱在怀里。

就是这样,在死亡里,这同一的不可知者又要以我熟识的面目出现。因为我爱今生,我知道我也会一样在爱死亡。

当母亲从婴儿口中拿开右乳的时候,他就啼哭,但他立刻又从左乳得到了安慰。

96

我要以胜利品,我的失败的花环,来装饰你。逃避不受征服,是我永远做不到的。

我准知道我的骄傲会碰壁,我的生命将因着极端的痛苦而炸裂,我的空虚的心将像一支空苇呜咽出哀音,顽石也融成眼泪。

我准知道莲花的百瓣不会永远闭合,深藏的花蜜定将显露。

从碧空将有一只眼睛向我凝视,在默默地召唤我。我将空无所有,绝对的空无所有,我将从你脚下领受绝对的死亡。

97

我跳进形象海洋的深处,希望能得到那无形象的完美的珍珠。

我不再以我的旧船去走遍海港,我乐于弄潮的日子早已过去了。

现在我渴望死于不死之中。

我要拿起我的生命的弦琴,进入无底深渊旁边,那座涌出无调的乐音的广厅。

我要调拨我的琴弦,和永恒的乐音合拍,当它呜咽出最后的声音时,就把我静默的琴儿放在静默的脚边。

98

我在人前夸说我认得你。在我的作品中,他们看到了你的画像。他们走来问我:"他是谁?"我不知道怎么回答。我说:"真的,我说不出来。"他们斥责我,轻蔑地走开了。你却坐在那里微笑。

我把你的事迹编成不朽的诗歌。秘密从我心中涌出。他们走来问我："把所有的意思都告诉我们罢。"我不知道怎样回答。我说："呵，谁知道那是什么意思！"他们哂笑了，鄙夷之极地走开。你却坐在那里微笑。

在我向你合十膜拜之中，我的上帝，让我一切的感知都舒展在你的脚下，接触这个世界。

像七月的湿云，带着未落的雨点沉沉下垂，在我向你合十膜拜之中，让我的全副心灵在你的门前俯伏。

让我所有的诗歌，聚集起不同的调子，在我向你合十膜拜之中，成为一股洪流，倾注入静寂的大海。

像一群思乡的鹤鸟，日夜飞向它们的山巢，在我向你合十膜拜之中，让我全部的生命，启程回到它永久的家乡。

飞鸟集
Stray Birds

1

夏天的飞鸟,飞到我窗前唱歌,又飞去了。

秋天的黄叶,它们没有什么可唱,只叹息一声,飞落在那里。

2

世界上的一队小小的漂泊者呀,请留下你们的足印在我的文字里。

3

世界对着它的爱人,把它浩瀚的面具揭下了。

它变小了,小如一首歌,小如一回永恒的接吻。

4

是"地"的泪点,使她的微笑保持着青春不谢。

5

广漠无垠的沙漠热烈地追求着一叶绿草的爱,但她摇摇头,笑起来,飞了开去。

6

如果错过了太阳时你流了泪,那么你也要错过群星了。

7

跳舞着的流水啊,在你途中的泥沙,要求你的歌声,你的流动呢。你肯挟跛足的泥沙而俱下么?

8

她的热切的脸,如夜雨似的,搅扰着我的梦魂。

9

有一次,我们梦见大家都是不相识的。

我们醒了,却知道我们原是相亲相爱的。

10

忧思在我的心里平静下去,正如黄昏在寂静的林中。

11

有些看不见的手指,如懒懒的微飔似的,正在我的心上,奏着潺湲的乐声。

12

"海水呀,你说的是什么?"

"是永恒的疑问。"

"天空呀,你回答的话是什么?"

"是永恒的沉默。"

13

静静地听,我的心呀,听那"世界"的低语,这是他对你的爱的表示呀。

14

创造的神秘,有如夜间的黑暗,——是伟大的。而知识的幻影,不过如晨间之雾。

15

不要因为峭壁是高的,而让你的爱情坐在峭壁上。

16

我今晨坐在窗前,"世界"如一个过路的人似的,停留了一会,向我点点头又走过去了。

17

这些微思,是绿叶的簌簌之声呀;它们在我的心里,愉悦地微语着。

18

你看不见你的真相,你所看见的,只是你的影子。

19

主呀,我的那些愿望真是愚傻呀,它们杂在你的歌声中喧叫着呢。

让我只是静听着吧。

20

我不能选择那最好的。

是那最好的选择我。

21

那些把灯背在他们的背上的人,把他们的影子投到他们前面去。

22

我存在,乃是所谓生命的一个永久的奇迹。

23

"我们,萧萧的树叶,都有声响回答那暴风雨,但你是谁呢,那样地沉默着?"

"我不过是一朵花。"

24

休息之隶属于工作,正如眼睑之隶属于眼睛。

25

人是一个初生的孩子,他的力量,就是生长的力量。

26

上帝希望我们酬答他的,在于他送给我们的花朵,而不在于太阳和土地。

27

光如一个裸体的孩子,快快活活地在绿叶当中游戏,他不知道人是会欺诈的。

28

啊,美呀,在爱中找你自己吧,不要到你镜子的谄谀中去找呀。

29

我的心冲激着她的波浪在"世界"的海岸上,蘸着眼泪在上边写着她的题记:

"我爱你。"

30

"月儿呀,你在等候什么呢?"
"要致敬意于我必须给他让路的太阳。"

31

绿树长到了我的窗前,仿佛是喑哑的大地发出的渴望的声音。

32

上帝自己的清晨,在他自己看来也是新奇的。

33

生命因了"世界"的要求,得到他的资产,因为爱的要求,得到他的价值。

34

干的河床,并不感谢他的过去。

35

鸟儿愿为一朵云。

云儿愿为一只鸟。

36

瀑布歌道:"我得到自由时便有歌声了。"

37

我不能说出这心为什么那样默默地颓丧着。

那小小的需要,他是永不要求,永不知道,永不记着的。

38

妇人,你在料理家事的时候,你的手足歌唱着,正如山间的溪水歌唱着在小石中流过。

39

太阳横过西方的海面时,对着东方,致他的最后的敬礼。

40

不要因为你自己没有胃口,而去责备你的食物。

41

群树如表示大地的愿望似的,竖趾立着,向天空窥望。

42

你微微地笑着,不同我说什么话,而我觉得,为了这个,我已等待得久了。

43

水里的游鱼是沉默的。陆地上的兽类是喧闹的,空中的飞鸟是歌唱着的;但是,人类却兼有了海里的沉默,地上的喧闹,与空中的音乐。

44

"世界"在踌躇之心的琴弦上跑过去,奏出忧郁的乐声。

45

他把他的刀剑当做他的上帝。
当他的刀剑胜利时他自已却失败了。

46

上帝从创造中找到他自己。

47

阴影戴上她的面幕,秘密地,温顺地,用她的沉默的爱的脚步,跟在"光"后边。

48

群星不怕显得像萤火虫那样。

49

谢谢上帝,我不是一个权力的轮子,而是被轧在这轮下的活人之一。

50

心是尖锐的,不是宽博的,它执着在每一点上,却并不活动。

51

你的偶像委散在尘土中了,这可证明上帝的尘土比你的偶像还伟大。

52

人在他的历史中表现不出他自己,他在历史中奋斗着露出头角。

53

玻璃灯因为瓦灯叫他做表兄而责备瓦灯。但当明月出来时,玻璃灯却温和地微笑着,叫明月为——"我亲爱的,亲爱的姊姊"。

54

我们如海鸥之与波涛相遇似的,遇见了,走近了。海鸥飞去,波涛滚滚的流开,我们也分别了。

55

日间的工作完了,于是我像一只拖在海滩上的小船,静静地听着晚潮跳舞的乐声。

56

我们的生命是天赋的,我们惟有献出生命,才能得到生命。

57

当我们大为谦卑的时候,便是我们最近于伟大的时候。

58

麻雀看见孔雀负担着它的翎尾,替它担忧。

59

决不要害怕刹那——永恒之声这样地唱着。

60

飓风于无路之中寻求最短之路,又突然地在"无何有之国"终止它的寻求了。

61

在我自己的杯中,饮了我的酒吧,朋友。

一倒在别人的杯里,这酒的腾跳的泡沫便要消失了。

62

"完全"为了对"不全"的爱,把自己装饰得美丽。

63

上帝对人说道:"我医治你,所以要伤害你。我爱你,所以要惩罚你。"

64

谢谢火焰给你光明,但是不要忘了那执灯的人,他是坚忍地站在黑暗当中呢。

65

小草呀,你的足步虽小,但是你拥有你足下的土地。

66

幼花开放了它的蓓蕾，叫道："亲爱的世界呀，请不要萎谢了。"

67

上帝对于大帝国会生厌，却决不会厌恶那小小的花朵。

68

错误经不起失败，但是真理却不怕失败。

69

瀑布歌道："虽然渴者只要少许的水便够了，我却很快活地给予了我全部的水。"

70

把那些花朵抛掷上去的那一阵子无休无止的狂欢大喜的劲儿,其源泉是在哪里呢?

71

樵夫的斧头,问树要斧柄。
树便给了他。

72

这寡独的黄昏,幕着雾与雨,我在我心的孤寂里,感觉到它的叹息了。

73

贞操是从丰富的爱情中生出来的资产。

74

雾，像爱情一样，在山峰的心上游戏，生出种种美丽的变幻。

75

我们把世界看错了，反说他欺骗我们。

76

诗人的风，正出经海洋和森林，求它自己的歌声。

77

每一个孩子出生时所带的神示说："上帝对于人尚未灰心失望呢。"

78

绿草求她地上的伴侣。

树木求他天空的寂寞。

79

人对他自己建筑起堤防来。

80

我的朋友,你的语声飘荡在我的心里,像那海水的低吟之声,缭绕在静听着的松林之间。

81

这个不可见的黑暗之火焰,以繁星为其火花的,到底是什么呢?

82

使生如夏花之绚烂，死如秋叶之静美。

83

那想做好人的，在门外敲着门，那爱人的，看见门敞开着。

84

在死的时候，众多合而为一，在生的时候，这"一"化而为众多。

上帝死了的时候，宗教便将合而为一。

85

艺术家是自然的情人，所以他是自然的奴隶，也是自然的主人。

86

"你离我有多少远呢,果实呀?"

"我是藏在你的心里呢,花呀。"

87

这个渴望是为了那个在黑夜里感觉得到、在大白天里却看不见的人。

88

露珠对湖水说道:"你,是在荷叶下面的大露珠,我是在荷叶上面的较小的露珠。"

89

刀鞘保护刀的锋利,它自己则满足于它的迟钝。

90

在黑暗中,"一"视若一体;在光亮中,"一"便视若众多。

91

大地借助于绿草,显出她自己的殷勤好客。

92

绿叶的生与死乃是旋风的急骤的旋转,它的更广大的旋转的圈子乃是在天上繁星之间徐缓的转动。

93

权威对世界说道:"你是我的。"
世界便把威权囚禁在她的宝座下面。
爱情对世界说道:"我是你的。"
世界便给予爱情以在她的屋内来往的自由。

94

浓雾仿佛是大地的愿望。

它藏起了太阳,而太阳乃是她所呼求的。

95

安静些吧,我的心,这些大树都是祈祷者呀。

96

瞬刻的喧声,讥笑着永恒的音乐。

97

我想起了浮泛在生与爱与死的川流上的许多别的时代,以及这些时代之被遗忘,我便感觉到离开尘世的自由了。

98

我灵魂里的忧郁就是她的新妇的面纱。

这面纱等候着在夜间卸去。

99

死之印记给生的钱币以价值;使它能够用生命来购买那真正的宝物。

100

白云谦逊地站在天之一隅。

晨光给它戴上了霞彩。

101

尘土受到损辱,却以她的花朵来报答。

102

只管走过去，不必逗留着去采了花朵来保存，因为一路上，花朵自会继续开放的。

103

根是地下的枝。
枝是空中的根。

104

远远去了的夏之音乐，翱翔于秋间，寻求它的旧垒。

105

不要从你自己的袋里掏出勋绩借给你的朋友，这是污辱他的。

106

无名的日子的感触,攀缘在我的心上,正像那绿色的苔藓,攀缘在老树的周身。

107

回声嘲笑着她的原声,以证明她是原声。

108

当富贵利达的人夸说他得到上帝的特别恩惠时,上帝却羞了。

109

我投射我自己的影子在我的路上,因为我有一盏还没有燃点起来的明灯。

110

人走进喧哗的群众里去，为的是要淹没他自己的沉默的呼号。

111

终止于衰竭的是"死亡"，但"圆满"却终止于无穷。

112

太阳穿一件朴素的光衣。白云却披了灿烂的裙裾。

113

山峰如群儿之喧嚷，举起它们的双臂，想去捉天上的星星。

114

道路虽然拥挤,却是寂寞的,因为它是不被爱的。

115

权势以它的恶行自夸;落下的黄叶与浮游过的云片都在笑它。

116

今天大地在太阳光里向我营营哼鸣,像一个织着布的妇人,用一种已经被忘却的语言,哼着一些古代的歌曲。

117

绿草是无愧于它所生长的伟大世界的。

118

梦是一个一定要谈话的妻子。

睡眠是一个默默地忍受的丈夫。

119

夜与逝去的日子接吻,轻轻地在他耳旁说道:"我是死,是你的母亲。我就要给你以新的生命。"

120

黑夜呀,我感觉得你的美了,你的美如一个可爱的妇人,当她把灯灭了的时候。

121

我把在那些已逝去的世界上的繁荣带到我的世界上来。

122

亲爱的朋友呀,当我静听着海涛时,我有好几次在暮色深沉的黄昏里,在这个海岸上,感到你的伟大思想的沉默了。

123

鸟以为把鱼举在空中是一种慈善的举动。

124

夜对太阳说道:"在月亮中,你送了你的情书给我。"
"我已在绿草上留下我的流着泪点的回答了。"

125

伟人是一个天生的孩子,当他死时,他把他的伟大的孩提时代给了世界。

126

不是槌的打击,乃是水的载歌载舞,使鹅卵石臻于完美。

127

蜜蜂从花中啜蜜,离开时营营地道谢。

浮夸的蝴蝶却相信花是应该向他道谢的。

128

如果你不等待着要说出完全的真理,那么把话说出来是很容易的。

129

"可能"问"不可能"道:"你住在什么地方呢?"

它回答道:"在那无能为力者的梦境里。"

130

如果你把所有的错误都关在门外时,真理也要被关在外面了。

131

我听见有些东西在我心的忧闷后面萧萧作响——我不能看见它们。

132

闲暇在动作时便是工作。

静止的海水荡动时便成波涛。

133

绿叶恋爱时便成了花。

花崇拜时便成了果实。

134

埋在地下的树根使树枝产生果实,却并不要求什么报酬。

135

阴雨的黄昏,风无休地吹着。
我看着摇曳的树枝,想念着万物的伟大。

136

子夜的风雨,如一个巨大的孩子,在不得时宜的黑夜里醒来,开始游戏和喊叫起来了。

137

海呀,你这暴风雨的孤寂的新妇呀,你虽掀起波浪追随你的情人,但是无用呀。

138

文字对工作说道:"我惭愧我的空虚。"

工作对文字说道:"当我看见你时,我便知道我是怎样地贫乏了。"

139

时间是变化的财富,但时钟在它的游戏文章里却使它只不过是变化而没有财富。

140

真理穿了衣裳觉得事实太拘束了,

在想象中,她却转动得很舒畅。

141

当我到这里,到那里地旅行着时,路呀,我厌倦了你了。但是现在,当你引导我到各处去时,我便爱上你,与你结婚了。

142

让我设想,在群星之中,有一粒星是指导着我的生命通过不可知的黑暗的。

143

妇人,你用了你美丽的手指,触着我的器具,秩序便如音乐似的生出来了。

144

一个忧郁的声音,筑巢于逝水似的年华中。

它在夜里向我唱道——"我爱你。"

145

燃着的火,以他的熊熊之光焰禁止我走近他。

把我从潜藏在灰中的余烬里救出来吧。

146

我有群星在天上,

但是,唉,我屋里的小灯却没有点亮。

147

死文字的尘土沾着你。

用沉默去洗净你的灵魂吧。

148

生命里留了许多罅隙,从这些罅隙中,送来了死之忧郁的音乐。

149

世界已在早晨敞开了它的光明之心。

出来吧,我的心,带了你的爱去与它相会。

150

我的思想随着这些闪耀的绿叶而闪耀,我的心灵接触着这日光也唱了起来;我的生命因为偕了万物一同浮泛在空间的蔚蓝,时间的墨黑中,正在快乐着呢。

151

上帝的巨大的威权是在柔和的微飔里,而不在狂风暴雨之中。

152

在梦中，一切事都散漫着，都压着我，但这不过是一个梦呀。当我醒来时，我便将觉得这些事都已聚集在你那里，我也便将自由了。

153

落日问道："有谁在继续我的职务呢？"
瓦灯说道："我要尽我力之所能的做去，我的主人。"

154

采着花瓣时，得不到花的美丽。

155

沉默蕴蓄着语声，正如鸟巢拥围着睡鸟。

156

大的不怕与小的同游。

居中的却远而避之。

157

夜秘密地把花开放了,却让那白日去领受谢词。

158

权力认为牺牲者的痛苦是忘恩负义。

159

当我们以我们的充实为乐时,那么,我们便能很快乐地跟我们的果实分手了。

160

雨点与大地接吻，微语道——"我们是你的思家的孩子，母亲，现在从天上回到你这里来了。"

161

蛛网好像要捉露点，却捉住了苍蝇。

162

爱情呀！当你手里拿着点亮了的痛苦之灯走来时，我能够看见你的脸，而且以你为幸福。

163

萤火对天上的星道："学者说你的光明，总有一天会消灭的。"
天上的星不回答它。

164

在黄昏的微光里，有那清晨的鸟儿来到了我的沉默的鸟巢里。

165

思想掠过我的心上，如一群野鸭飞过天空。
我听见它们鼓翼之声了。

166

沟洫总喜欢想：河流的存在，是专为着供给它水流的。

167

世界以它的痛苦同我接吻，而要求歌声做报酬。

168

压迫着我的,到底是我的想要外出的灵魂呢,还是那世界的灵魂,敲着我心的门想要进来呢?

169

思想以它自己的言语喂养它自己,而成长起来。

170

我把我的心之碗轻轻浸入这沉默之时刻中;它充满了爱了。

171

或者你在做着工作,或者你没有。

当你不得不说"让我们做些事吧",那么就要开始胡闹了。

172

向日葵羞于把无名的花朵看做它的同胞。

太阳升上来了,向它微笑,说道:"你好么,我的宝贝儿?"

173

"谁如命运似的推着我向前走呢?"

"那是我自己,在身背后大跨步走着。"

174

云把水倒在河的水杯里,它们自己却藏在远山之中。

175

我一路走去,从我的水瓶中漏出水来。

只留着极少极少的水供我家里用。

176

杯中的水是光辉的；海中的水却是黑色的。

小理可以用文字来说清楚；大理却只有沉默。

177

你的微笑是你自己田园里的花，你的谈吐是你自己山上的松林的萧萧，但是你的心呀，却是那个女人，那个我们全都认识的女人。

178

我把小小的礼物留给我所爱的人——大的礼物却留给一切的人。

179

妇人呀,你用你的眼泪的深邃包绕着世界的心,正如大海包绕着大地。

180

太阳以微笑向我问候。

雨,它的忧闷的妹妹,向我的心谈话。

181

我的昼间之花,落下它那被遗忘的花瓣。

在黄昏中,这花成熟为一颗记忆的金果。

182

我像那夜间之路,正静悄悄地听着记忆的足音。

183

黄昏的天空，在我看来，像一扇窗户，一盏灯火，灯火背后的一次等待。

184

太忙于做好事的人，反而找不到时间去做好事。

185

我是秋云，空空的不载着雨水，但在成熟的稻田中，看见了我的充实。

186

他们嫉妒，他们残杀，人反而称赞他们。

然而上帝却害了羞，匆匆地把他的记忆埋藏在绿草下面。

187

脚趾乃是舍弃了其过去的手指。

188

黑暗向光明旅行,但是盲者却向死亡旅行。

189

小狗疑心大宇宙阴谋篡夺它的位置。

190

静静地坐吧,我的心,不要扬起你的尘土。

让世界自己寻路向你走来。

191

弓在箭要射出之前，低声对箭说道——"你的自由是我的。"

192

妇人，在你的笑声里有着生命之泉的音乐。

193

全是理智的心，恰如一柄全是锋刃的刀。

叫使用它的人手上流血。

194

上帝爱人间的灯光甚于他自己的大星。

195

这世界乃是为美之音乐所驯服了的、狂风骤雨的世界。

196

夕照中的云彩向太阳说道:"我的心经了你的接吻,便似金的宝箱了。"

197

接触着,你许会杀害;远离着,你许会占有。

198

蟋蟀的唧唧,夜雨的淅沥,从黑暗中传到我的耳边,好似我已逝的少年时代沙沙地来到我梦境中。

199

花朵向失落了它所有的星辰的曙天叫道:"我的露点全失落了。"

200

燃烧着的木块,熊熊地生出火光,叫道:"这是我的花朵,我的死亡。"

201

黄蜂以邻蜂储蜜之巢为太小。
它的邻人要它去建筑一个更小的。

202

河岸向河流说道:"我不能留住你的波浪。"
"让我保存你的足印在我心里吧。"

203

白日以这小小地球的喧扰,淹没了整个宇宙的沉默。

204

歌声在空中感得无限,图画在地上感得无限,诗呢,无论在空中,在地上都是如此;
因为诗的词句含有能走动的意义与能飞翔的音乐。

205

太阳在西方落下时,它的早晨的东方已静悄悄地站在它面前。

206

让我不要错误地把自己放在我的世界里而使它反对我。

207

荣誉羞着我,因为我暗地里求着它。

208

当我没有什么事做时,便让我不做什么事,不受骚扰地沉入安静深处吧,一如那海水沉默时海边的暮色。

209

少女呀,你的纯朴,如湖水之碧,表现出你的真理之深邃。

210

最好的东西不是独来的,

它伴了所有的东西同来。

211

上帝的右手是慈爱的,但是他的左手却可怕。

212

我的晚色从陌生的树木中走来,它用我的晓星所不懂得的语言说话。

213

夜之黑暗是一只口袋,盛满了发出黎明的金光的口袋。

214

我们的欲望,把彩虹的颜色,借给那只不过是云雾的人生。

215

上帝等待着要从人的手上把他自己的花朵作为礼物赢得回去。

216

我的忧思缠绕着我,要问我它们自己的名字。

217

果实的事业是尊贵的,花的事业是甜美的,但是让我做叶的事业罢,叶是谦逊地专心地垂着绿荫的。

218

我的心向着阑珊的风,张了帆,要到无论何处的阴凉之岛去。

219

独夫们是凶暴的,但人民是善良的。

220

把我当做你的杯吧,让我为了你,而且为了你的人而盛满水吧。

221

狂风暴雨像是那因他的爱情被大地所拒绝而在痛苦中的天神的哭声。

222

世界不会裂开,因为死亡并不是一个罅隙。

223

生命因为失去了爱情,而更为富足。

224

我的朋友,你伟大的心闪射出东方朝阳的光芒,正如黎明中一个积雪的孤峰。

225

死之流泉,使生的止水跳跃。

226

那些有一切东西而没有您的人,我的上帝,在讥笑着那些没有别的东西而只有您的人呢。

227

生命的运动在它自己的音乐里得到它的休息。

228

踢足只能从地上扬起灰尘而不能得到收获。

229

我们的名字，便是夜里海波上发出的光，痕迹也不留地就泯灭了。

230

让睁眼看着玫瑰花的人也看看它的刺。

231

鸟翼上系上了黄金,这鸟便永不能再在天上翱翔了。

232

我们地方的荷花又在这里陌生的水上开了花,放出同样的清香,只是名字换了。

233

在心的远景里,那相隔的距离显得更广阔了。

234

月儿把她的光明遍照在天上,却留着她的黑斑给她自己。

235

不要说"这是早晨了",就用一个"昨天"的名词把它打发掉。把它当做第一次看到的还没有名字的新生孩子吧。

236

青烟对天空夸口,灰烬对大地夸口,都以为它们是火的兄弟。

237

雨点向茉莉花微语道:"把我永久地留在你的心里吧。"
茉莉花叹息了一声,落在地上了。

238

惧怯的思想呀,不要怕我。
我是一个诗人。

239

我的心在朦胧的沉默里，似乎充满了蟋蟀的鸣声——那灰色的微明的歌声。

240

爆竹呀，你对于群星的侮蔑，又跟了你自己回到地上来了。

241

您曾经带领着我，穿过我的白天的拥挤不堪的旅行，而到达了我的黄昏的孤寂之境。

在通宵的寂静里，我等待着它的意义。

242

我们的生命就似渡过一个大海，我们都相聚在这个狭小的舟中。

死时，我们便到了岸，各往各的世界去了。

243

真理之川从他的错误之沟渠中流过。

244

今天我的心是在想家了,在想着那跨过时间之海的那一个甜蜜的时候。

245

鸟的歌声是曙光从大地反响过去的回声。

246

晨光问毛茛道:"你是不是骄傲得不肯和我接吻么?"

247

小花问道:"我要怎样地对你唱,怎样地崇拜你呢?太阳呀?"

太阳答道:"只要用你的纯洁的简朴的沉默。"

248

当人是兽时,他比兽还坏。

249

黑云受光的接吻时便变成天上的花朵。

250

不要让刀锋讥笑它柄子的拙钝。

251

夜的沉默，如一个深深的灯盏，银河便是它燃着的灯光。

252

死像大海的无限的歌声，日夜冲击着生命的光明岛的四周。

253

花瓣似的山峰在饮着日光，这山岂不像一朵花吗？

254

"真实"的含义被误解、轻重被倒置，那就成了"不真实"。

255

我的心呀，从世界的流动中，找你的美吧，正如那小船得到风与水的优美似的。

256

眼不以能视来骄人，却以它们的眼镜来骄人。

257

我住在我的这个小小世界里，生怕使它再缩小一丁点儿了。把我抬举到您的世界里去吧，让我有高高兴兴地失去我的一切的自由。

258

虚伪永远不能凭借它生长在权力中而变成真实。

259

我的心,同着它的歌的拍拍舐岸的波浪,渴望着要抚爱这个阳光熙和的绿色世界。

260

道旁的草,爱那天上的星吧,那么,你的梦境便可在花朵里实现了。

261

让你的音乐如一柄利刃,直刺入市井喧扰的心中吧。

262

这树的颤动之叶,触动着我的心,像一个婴儿的手指。

263

小花睡在尘土里。

它寻求蛱蝶走的道路。

264

我是在道路纵横的世界上。

夜来了。打开您的门吧,家之世界啊。

265

我已经唱过了您的白天的歌。

在黄昏时候,让我拿着您的灯走过风雨飘摇的道路吧。

266

我不要求你进我的屋里。

你且到我无量的孤寂里吧,我的爱人!

267

死之隶属于生命，正如出生一样。

举足是在走路，正如放下足也是在走路。

268

我已经学会了你在花与阳光里微语的意义——再教我明白你在苦与死中所说的话吧。

269

夜的花朵来晚了，当早晨吻着她时，她颤栗着，叹息了一声，萎落在地上了。

270

从万物的愁苦中，我听见了"永恒母亲"的呻吟。

271

大地呀，我到你岸上时是一个陌生人，住在你屋内时是一个宾客，离开你的门时是一个朋友。

272

当我去时，让我的思想到你那里来，如那夕阳的余光，映在沉默的星天的边上。

273

在我的心头燃点起那休憩的黄昏星吧，然后让黑夜向我微语着爱情。

274

我是一个在黑暗中的孩子。

我从夜的被单里向你伸出我的双手，母亲。

275

白天的工作完了。把我的脸掩藏在您的臂间吧,母亲。让我做梦。

276

聚会时的灯光,点了很久,会散时,灯便立刻灭了。

277

当我死时,世界呀,请在你的沉默中,替我留着"我已经爱过了"这句话吧。

278

我们在热爱世界时便生活在这世界上。

279

让死者有那不朽的名，但让生者有那不朽的爱。

280

我看见你，像那半醒的婴孩在黎明的微光里看见他的母亲，于是微笑而又睡去了。

281

我将死了又死，以明白生是无穷无竭的。

282

当我和拥挤的人群一同在路上走过时，我看见您从阳台上送过来的微笑，我歌唱着，忘却了所有的喧哗。

283

爱就是充实了的生命,正如盛满了酒的酒杯。

284

他们点了他们自己的灯,在他们的寺院内,吟唱他们自己的话语。

但是小鸟们却在你的晨光中,唱着你的名字——因为你的名字便是快乐。

285

领我到您的沉寂的中心,使我的心充满了歌吧。

286

让那些选择了他们自己的焰火哎哎的世界的,就生活在那里吧。

我的心渴望着您的繁星，我的上帝。

287

爱的痛苦环绕着我的一生，像汹涌的大海似的唱着，而爱的快乐却像鸟儿们在花林里似的唱着。

288

假如您愿意，您就熄了灯吧。
我将明白您的黑暗，而且将喜爱它。

289

当我在那日子的终了，站在您的面前时，您将看见我的伤疤，而知道我有我的许多创伤，但也有我的医治的法儿。

290

总有一天，我要在别的世界的晨光里对你唱道："我以前在地球的光里，在人的爱里，已经见过你了。"

291

从别的日子里飘浮到我的生命里的黑云，不再落下雨点或引起风暴了，却只给予我的夕阳的天空以色彩。

292

真理引起了反对它自己的狂风骤雨，那场风雨吹散了真理的广播的种子。

293

昨夜的风雨给今日的早晨戴上了金色的和平。

294

真理仿佛带了它的结论而来；而那结论却产生了它的第二个。

295

他是有福的，因为他的名望并没有比他的真实更光亮。

296

您的名字的甜蜜充溢着我的心，而我忘掉了我自己的——就像您的早晨的太阳升起时，那大雾便消失了。

297

静悄悄的黑夜具有母亲的美丽，而吵闹的白天具有孩子的美。

298

当人微笑时,世界爱了他。当他大笑时,世界便怕他了。

299

上帝等待着人在智慧中重新获得童年。

300

让我感到这个世界乃是您的爱的成形吧,那么,我的爱也将帮助着它。

301

您的太阳光对着我的心头的冬天微笑着,从来不怀疑它的春天的花朵。

302

上帝在他的爱里吻着"有涯",而人却吻着"无涯"。

303

您横越过荒年的沙漠而到达了圆满的时刻。

304

上帝的静默使人的思想成熟而为语言。

305

"永恒的旅客"呀,你可以在我的歌中找到你的足迹。

306

让我不致羞辱您吧,父亲,您在您的孩子们身上显现出您的光荣。

307

这一天是不快活的,光在蹙额的云下,如一个被打的儿童,在灰白的脸上留着泪痕,风又叫号着似一个受伤的世界的哭声。但是我知道我正跋涉着去会我的朋友。

308

今天晚上棕榈叶在嚓嚓地作响,海上有大浪,满月啊,就像世界在心脉悸跳。从什么不可知的天空,您在您的沉默里带来了爱的痛苦的秘密?

309

我梦见了一颗星,一个光明的岛屿,我将在那里出生。而在它的快速的闲暇的深处,我的生命将成熟它的事业,像在秋天的阳光之下的稻田。

310

雨中的湿土的气息,就像从渺小的无声的群众那里来的一阵子巨大的赞美歌声。

311

说爱情会失去的那句话,乃是我们不能够当做真理来接受的一个事实。

312

我们将有一天会明白，死永远不能够夺去我们的灵魂所获得的东西，因为她所获得的，和她自己是一体。

313

上帝在我的黄昏的微光中，带着花到我这里来，这些花都是我过去之时的，在他的花篮中，还保存得很新鲜。

314

主呀，当我的生之琴弦都已调得谐和时，你的手的一弹一奏，都可以发出爱的乐声来。

315

让我真真实实地活着吧，我的上帝，这样，死对于我也就成了真实的了。

316

人类的历史很忍耐地在等待着被侮辱者的胜利。

317

我这一刻感到你的眼光正落在我的心上,像那早晨阳光中的沉默落在已收获的孤寂的田野上一样。

318

我渴望着歌的岛屿立在这喧哗的波涛起伏的海中。

319

夜的序曲是开始于夕阳西下的音乐,开始于它的向难以形容的黑暗的庄严的赞歌。

320

我攀登上高峰,发现在名誉的荒芜不毛的高处,简直找不到遮身之地。我的引导者啊,领导着我在光明逝去之前,进到沉静的山谷里去吧,在那里,生的收获成熟为黄金的智慧。

321

在这个黄昏的朦胧里,好些东西看来都有些幻想——尖塔的底层在黑暗里消失了,树顶像墨水的斑点似的。我将等待着黎明,而当我醒来的时候,就会看到在光明里的您的城市。

322

我曾经受苦过,曾经失望过,曾经体会过"死亡",于是我以我在这伟大的世界里为乐。

323

在我的一生里，也有贫乏和沉默的地域。它们是我忙碌的日子得到日光与空气的几片空旷之地。

324

我的未完成的过去，从后边缠绕到我身上，使我难于死去。请从它那里释放了我吧。

325

"我相信你的爱。"让这句话做我的最后的话。

新月集
The Crescent Moon

 **家庭**

我独自在横跨过田地的路上走着,夕阳像一个守财奴似的,正藏起它的最后的金子。

白昼更加深沉地投入黑暗之中,那已经收割了的孤寂的田地,默默地躺在那里。

天空里突然升起了一个男孩子的尖锐的歌声。他穿过看不见的黑暗,留下他的歌声的辙痕跨过黄昏的静谧。

他的乡村的家坐落在荒凉的土地的边上,在甘蔗田的后面,躲藏在香蕉树、瘦长的槟榔树、椰子树和深绿色的贾克果树的阴影里。

我在星光下独自走着的路上停留了一会,我看见黑沉沉的大地展开在我的面前,用她的手臂拥抱着无量数的家庭,在那些家庭里有着摇篮和床铺,母亲们的心和夜晚的灯,还有年轻轻的生命,他们满心欢乐,却浑然不知这样的欢乐对于世界的价值。

海边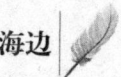

孩子们会聚在无边无际的世界的海边。

无垠的天穹静止地临于头上,不息的海水在足下汹涌。孩子们会集在无边无际的世界的海边,叫着,跳着。

他们拿沙来建筑房屋,拿空贝壳来做游戏。他们把落叶编成了船,笑嘻嘻地把它们放到大海上。孩子们在世界的海边,做他们的游戏。

他们不知道怎样泅水,他们不知道怎样撒网。采珠的人为了珠潜水,商人在他们的船上航行,孩子们却只把小圆石聚了又散。他们不搜求宝藏;他们不知道怎样撒网。

大海哗笑着涌起波浪,而海滩的微笑荡漾着淡淡的光芒。致人死命的波浪,对着孩子们唱无意义的歌曲,就像一个母亲在摇动她孩子的摇篮时一样。大海和孩子们一同游戏,而海滩的微笑荡漾着淡淡的光芒。

孩子们会集在无边无际的世界的海。狂风暴雨飘游在无辙迹的天空上,航船沉碎在无辙迹的海水里,死正在外面活动,孩子们却在游戏。在无边无际的世界的海边,孩子们大会集着。

来源

流泛在孩子两眼的睡眠——有谁知道它是从什么地方来的？是的，有个谣传，说它是住在萤火虫朦胧地照耀着林阴的仙村里，在那个地方，挂着两个迷人的羞怯的蓓蕾。它便是从那个地方来吻孩子的两眼的。

当孩子睡时，在他唇上浮动着的微笑——有谁知道它是从什么地方生出来的？是的，有个谣传，说新月的一线年轻的清光，触着将消未消的秋云边上，于是微笑便初生在一个浴在清露里的早晨的梦中了——当孩子睡时，微笑便在他的唇上浮动着。

甜蜜柔嫩的新鲜生气，像花一般地在孩子的四肢上开放着——有谁知道它在什么地方藏得这样久？是的，当妈妈还是一个少女的时候，它已在爱的温柔而沉静的神秘中，潜伏在她的心里了——甜蜜柔嫩的新鲜生气，像花一般地在孩子的四肢上开放着。

 **孩童之道**

只要孩子愿意,他此刻便可飞上天去。

他所以不离开我们,并不是没有原故。

他爱把他的头倚在妈妈的胸间,他即使是一刻不见她,也是不行的。

孩子知道各式各样的聪明话,虽然世间的人很少懂得这些话的意义。

他所以永不想说,并不是没有原故。

他所要做的一件事,就是要学习从妈妈的嘴唇里说出来的话。那就是他所以看来这样天真的缘故。

孩子有成堆的黄金与珠子,但他到这个世界上来,却像一个乞丐。

他所以这样假装了来,并不是没有原故。

这个可爱的小小的裸着身体的乞丐,所以假装着完全无助的样子,便是想要乞求妈妈的爱的财富。

孩子在纤小的新月的世界里，是一切束缚都没有的。

他所以放弃了他的自由，并不是没有缘故。

他知道有无穷的快乐藏在妈妈的心的小小一隅里，被妈妈亲爱的手臂所拥抱，其甜美远胜过自由。

孩子永不知道如何哭泣。他所住的是完全的乐土。

他所以要流泪，并不是没有原故。

虽然他用了可爱的脸儿上的微笑，引逗得他妈妈的热切的心向着他，然而他的因为细故而发的小小的哭声，却编成了怜与爱的双重约束的带子。

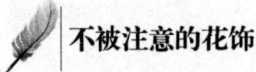不被注意的花饰

啊,谁给那件小外衫染上颜色的,我的孩子,谁使你的温软的肢体穿上那件红的小外衫的?

你在早晨就跑出来到天井里玩儿,你,跑着就像摇摇欲跌似的。

但是谁给那件小外衫染上颜色的,我的孩子?

什么事叫你大笑起来的,我的小小的命芽儿?

妈妈站在门边,微笑地望着你。

她拍着她的双手,她的手镯丁当地响着,你手里拿着你的竹竿儿在跳舞,活像一个小小的牧童儿。

但是什么事叫你大笑起来的,我的小小的命芽儿?

喔,乞丐,你双手攀搂住妈妈的头颈,要乞讨些什么?

喔,贪得无厌的心,要我把整个世界从天上摘下来,像摘一个果子似的,把它放在你的一双小小的玫瑰色的手掌上么?

喔,乞丐,你要乞讨些什么?

风高兴地带走了你踝铃的丁当。

太阳微笑着,望着你的打扮。

当你睡在你妈妈的臂弯里时,天空在上面望着你,而早晨蹑手蹑脚地走到你的床跟前,吻着你的双眼。

风高兴地带走了你踝铃的丁当。

仙乡里的梦婆飞过朦胧的天空,向你飞来。

在你妈妈的心头上,那世界母亲,正和你坐在一块儿。

他,向星星奏乐的人,正拿着他的横笛,站在你的窗边。

仙乡里的梦婆飞过朦胧的天空,向你飞来。

**偷睡眠者**

谁从孩子的眼里把睡眠偷了去呢?我一定要知道。

妈妈把她的水罐挟在腰间,走到近村汲水去了。

这是正午的时候,孩子们游戏的时间已经过去了;池中的鸭子沉默无声。

牧童躺在榕树的阴下睡着了。

白鹤庄重而安静地立在檬果树边的泥泽里。

就在这个时候,偷睡眠者跑来从孩子的两眼里捉住睡眠,便飞去了。

当妈妈回来时,她看见孩子四肢着地地在屋里爬着。

谁从孩子的眼里把睡眠偷了去呢?我一定要知道。我一定要找到她,把她锁起来。

我一定要向那个黑洞里张望,在这个洞里,有一道小泉从圆的和有皱纹的石上滴下来。

我一定要到醉花①林中的沉寂的树影里搜寻,在这林中,鸽

---

① 醉花(bakula),印度传说美女口中吐出香液,此花始开。

子在它们住的地方咕咕地叫着,仙女的脚环在繁星满天的静夜里丁当地响着。

我要在黄昏时,向静静的萧萧的竹林里窥望,在这林中,萤火虫闪闪地耗费它们的光明,只要遇见一个人,我便要问他:"谁能告诉我偷睡眠者住在什么地方?"

谁从孩子的眼里把睡眠偷了去呢?我一定要知道。

只要我能捉住她,怕不会给她一顿好教训!

我要闯入她的巢穴,看她把所有偷来的睡眠藏在什么地方。

我要把它都夺来,带回家去。

我要把她的双翼缚得紧紧的,把她放在河边,然后叫她拿一根芦苇在灯心草和睡莲间钓鱼为戏。

黄昏,街上已经收了市,村里的孩子们都坐在妈妈的膝上时,夜鸟便会讥笑地在她耳边说:

"你现在还想偷谁的睡眠呢?"

开始

"我是从哪儿来的,你,在哪儿把我捡起来的?"孩子问他的妈妈说。

她把孩子紧紧地搂在胸前,半哭半笑地答道——

"你曾被我当做心愿藏在我的心里,我的宝贝。

"你曾存在于我孩童时代玩的泥娃娃身上;每天早晨我用泥土塑造我的神像,那时我反复地塑了又捏碎了的就是你。

"你曾和我们的家庭守护神一同受到祀奉,我崇拜家神时也就崇拜了你。

"你曾活在我所有的希望和爱情里,活在我的生命里,我母亲的生命里。

"在主宰着我们家庭的不死的精灵的膝上,你已经被抚育了好多年代了。

"当我做女孩子的时候,我的心的花瓣儿张开,你就像一股花香似的散发出来。

"你的软软的温柔,在我青春的肢体上开花了,像太阳出来之前的天空上的一片曙光。

"上天的第一宠儿,晨曦的孪生兄弟,你从世界的生命的

溪流浮泛而下，终于停泊在我的心头。

"当我凝视你的脸蛋儿的时候，神秘之感湮没了我；你这属于一切人的，竟成了我的。

"为了怕失掉你，我把你紧紧地搂在胸前。是什么魔术把这世界的宝贝引到我这双纤小的手臂里来呢？"

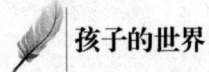 **孩子的世界**

我愿我能在我孩子自己的世界的中心,占一角清净地。

我知道有星星同他说话,天空也在他面前垂下,用它傻傻的云朵和彩虹来娱悦他。

那些大家以为他是哑的人,那些看去像是永不会走动的人,都带了他们的故事,捧了满装着五颜六色的玩具的盘子,匍匐地来到他的窗前。

我愿我能在横过孩子心中的道路上游行,解脱了一切的束缚;

在那儿,使者奉了无所谓的使命奔走于无史的诸王的王国间;

在那儿,理智以她的法律造为纸鸢而飞放,真理也使事实从桎梏中自由了。

时候与原因

当我给你五颜六色的玩具的时候，我的孩子，我明白了为什么云上水上是这样的色彩缤纷，为什么花朵上染上绚烂的颜色的原因了——当我给你五颜六色的玩具的时候，我的孩子。

当我唱着使你跳舞的时候，我真的知道了为什么树叶儿响着音乐，为什么波浪把它们的合唱的声音送进静听着的大地的心头的原因了——当我唱着使你跳舞的时候。

当我把糖果送到你贪得无厌的双手上的时候，我知道了为什么在花萼里会有蜜，为什么水果里会秘密地充溢了甜汁的原因了——当我把糖果送到你贪得无厌的双手上的时候。

当我吻着你的脸蛋儿叫你微笑的时候，我的宝贝，我的确明白了在晨光里从天上流下来的是什么样的快乐，而夏天的微飔吹拂在我的身体上的又是什么样的爽快——当我吻着你的脸蛋儿叫你微笑的时候。

 责备

为什么你眼里有了眼泪,我的孩子?

他们真是可怕,常常无谓地责备你!

你写字时墨水玷污了你的手和脸——这就是他们所以骂你龌龊的缘故么?

呵,呸!他们也敢因为圆圆的月儿用墨水涂了脸,便骂它龌龊么?

他们总要为了每一件小事去责备你,我的孩子。他们总是无谓地寻人错处。

你游戏时扯破了你的衣服——这就是他们所以说你不整洁的原故么?

呵,呸!秋之晨从它的破碎的云衣中露出微笑,那末,他们要叫它什么呢?

他们对你说什么话,尽管可以不去理睬他,我的孩子。

他们把你做错的事长长地记了一笔账。

谁都知道你是十分喜欢糖果的——这就是他们所以称你做

贪婪的缘故么?

呵,呸!我们是喜欢你的,那末,他们要叫我们什么呢?

 **审判官**

　　你想说他什么尽管说罢,但是我知道我孩子的短处。

　　我爱他并不因为他好,只是因为他是我的小小的孩子。

　　你如果把他的好处与坏处两两相权一下,恐怕你就会知道他是如何的可爱罢?

　　当我必须责罚他的时候,他更成为我的生命的一部分了。

　　当我使他眼泪流出时,我的心也和他同哭了。

　　只有我才有权去骂他,去责罚他,因为只有热爱人的才可以惩戒人。

玩具

孩子，你真是快活呀，一早晨坐在泥土里，耍着折下来的小树枝儿。

我微笑地看你在那里耍着那根折下来的小树枝儿。

我正忙着算账，一小时一小时在那里加叠数字。

也许你在看我，想道，"这种好没趣的游戏，竟把你的一早晨的好时间浪费掉了！"

孩子，我忘了聚精会神玩耍树枝与泥饼的方法了。

我寻求贵重的玩具，收集金块与银块。

你呢，无论找到什么便去做你的快乐的游戏，我呢，却把我的时间与力气都浪费在那些我永不能得到的东西上。

我在我的脆薄的独木船里挣扎着要航过欲望之海，意忘了我也是在那里做游戏了。

 天文家

我不过说:"当傍晚圆圆的满月挂在迦昙波①的枝头时,有人能去捉住它么?"

哥哥却对我笑道:"孩子呀,你真是我所见到的顶顶傻的孩子。月亮离我们这样远,谁能去捉住它呢?"

我说:"哥哥,你真傻!当妈妈向窗外探望,微笑着往下看我们游戏时,你也能说她远么?"

哥哥还是说:"你这个傻孩子!但是,孩子,你到哪里去找一个大得能逮住月亮的网呢?"

我说:"你自然可以用双手去捉住它呀。"

但是哥哥还是笑着说:"你真是我所见到的顶顶傻的孩子!如果月亮走近了,你便知道它是多么大了。"

我说:"哥哥,你们学校里所教的,真是没有用呀!当妈妈低下脸儿跟我们亲嘴时,她的脸看来也是很大的么!"

但是哥哥还是说:"你真是一个傻孩子。"

---

① 迦昙波,原名kadam,亦作kadamba,意译"白花",即昙花。

云与波

妈妈，住在云端的人对我唤道——

"我们从醒的时候游戏到白日终止。

"我们与黄金色的曙光游戏，我们与银白色的月亮游戏。"

我问道："但是，我怎么能够上你那里去呢？"

他们答道："你到地球的边上来，举手向天，就可以被接到云端里来了。"

"我妈妈在家里等我呢，"我说，"我怎么能离开她而来呢？"

于是他们微笑着浮游而去。

但是我知道一件比这个更好的游戏，妈妈。

我做云，你做月亮。

我用两只手遮盖你，我们的屋顶就是青碧的天空。

住在波浪上的人对我唤道——

"我们从早晨唱歌到晚上；我们前进又前进地旅行，也不知我们所经过的是什么地方。"

我问道："但是，我怎么能加入你们队伍里去呢？"

他们告诉我说:"来到岸旁,站在那里,紧闭你的两眼,你就被带到波浪上来了。"

我说:"傍晚的时候,我妈妈常要我在家里——我怎么能离开她而去呢?"

于是他们微笑着,跳着舞奔流过去。

但是我知道一件比这个更好的游戏。

我是波浪,你是陌生的岸。

我奔流而进,进,进,笑哈哈地撞碎在你的膝上。

世界上就没有一个人会知道我们俩在什么地方。

金色花

假如我变了一朵金色花①,只是为了好玩,长在那棵树的高枝上,笑哈哈地在风中摇摆,又在新生的树叶上跳舞,妈妈,你会认识我么?

你要是叫道:"孩子,你在哪里呀?"我暗暗地在那里匿笑,却一声儿不响。

我要悄悄地开放花瓣儿,看着你工作。

当你沐浴后,湿发披在两肩,穿过金色花的林荫,走到你做祷告的小庭院时,你会嗅到这花的香气,却不知道这香气是从我身上来的。

当你吃过中饭,坐在窗前读《罗摩衍那》②,那棵树的阴影落在你的头发与膝上时,我便要投我的小小的影子在你的书页上,正投在你所读的地方。

---

① 金色花,原名champa,亦作champak,印度圣树,木兰花属植物,开金黄色碎花。译名亦作"瞻波伽"或"占博迦"。

② 《罗摩衍那》(Ramayana)为印度叙事诗,相传系蚁蛭(valmiki)所作。今传本形式约为公元2世纪间所形成。全书分为七卷,共二万四千颂,皆系叙述罗摩生平之作。罗摩即纤摩捷陀罗,十车王之子,悉多之夫。他于第二世(Treta yaga)入世,为毗湿奴神第七化身。印人视他为英雄,有崇拜他如神的。

但是你会猜得出这就是你的小孩子的小影子么？

当你黄昏时拿了灯到牛棚里去，我便要突然地再落到地上来，又成了你的孩子，求你讲个故事给我听。

"你到哪里去了，你这坏孩子？"

"我不告诉你，妈妈。"这就是你同我那时所要说的话了。

仙人世界

如果人们知道了我的国王的宫殿在哪里,它就会消失在空气中的。

墙壁是白色的银,屋顶是耀眼的黄金。

皇后住在有七个庭院的宫苑里;她戴的一串珠宝,值得整整七个王国的全部财富。

不过,让我悄悄地告诉你,妈妈,我的国王的宫殿究竟在哪里。

它就在我们阳台的角上,在那栽着杜尔茜花的花盆放着的地方。

公主躺在远远的隔着七个不可逾越的重洋的那一岸沉睡着。

除了我自己,世界上便没有人能够找到她。

她臂上有镯子,她耳上挂着珍珠;她的头发拖到地板上。

当我用我的魔杖点触她的时候,她就会醒过来,而当她微笑时,珠玉将会从她唇边落下来。

不过,让我在你的耳朵边悄悄地告诉你,妈妈,她就住在我们阳台的角上,在那栽着杜尔茜花的花盆放着的地方。

当你要到河里洗澡的时候，你走上屋顶的那座阳台来罢。

我就坐在墙的阴影所聚会的一个角落里。

我只让小猫儿跟我在一起，因为它知道那故事里的理发匠住的地方。

不过，让我在你的耳朵边悄悄地告诉你，那故事里的理发匠到底住在哪里。

他住的地方，就在阳台的角上，在那栽着杜尔茜花的花盆放着的地方。

流放的地方

妈妈,天空上的光成了灰色了;我不知道是什么时候了。

我玩得怪没劲儿的,所以到你这里来了。这是星期六,是我们的休息日。

放下你的活计,妈妈;坐在靠窗的一边,告诉我童话里的特潘塔沙漠在什么地方?

雨的影子遮掩了整个白天。

凶猛的电光用它的爪子抓着天空。

当乌云在轰轰地响着,天打着雷的时候,我总爱心里带着恐惧爬伏到你的身上。

当大雨倾泻在竹叶子上好几个钟头,而我们的窗户为狂风震得格格发响的时候,我就爱独自和你坐在屋里,妈妈,听你讲童话里的特潘塔沙漠的故事。

它在哪里,妈妈,在哪一个海洋的岸上,在哪些个山峰的脚下,在哪一个国王的国土里?

田地上没有此疆彼壤的界石,也没有村人在黄昏时走回家的，或妇人在树林里捡拾枯枝而捆载到市场上去的道路。沙地上只有一小块一小块的黄色草地，只有一株树，就是那一对聪明的老鸟儿在那里做窝的，那个地方就是特潘塔沙漠。

我能够想象得到，就在这样一个乌云密布的日子，国王的年轻的儿子，怎样地独自骑着一匹灰色马，走过这个沙漠，去寻找那被囚禁在不可知的重洋之外的巨人宫里的公主。

当雨雾在遥远的天空下降，电光像一阵突然发作的痛楚的痉挛似的闪射的时候，他可记得他的不幸的母亲，为国王所弃，正在扫除牛棚，眼里流着眼泪，当他骑马走过童话里的特潘塔沙漠的时候？

看，妈妈，一天还没有完，天色就差不多黑了，那边村庄的路上没有什么旅客了。

牧童早就从牧场上回家了，人们都已从田地里回来，坐在他们草屋的檐下的草席上，眼望着阴沉的云块。

妈妈，我把我所有的书本都放在书架上了——不要叫我现在做功课。

当我长大了,大得像爸爸一样的时候,我将会学到必须学到的东西的。

但是,今天你可得告诉我,妈妈,童话里的特潘塔沙漠在什么地方?

 雨天

乌云很快地聚拢在森林的黝黑的边缘上。

孩子，不要出去呀！

湖边的一行棕树，向冥暗的天空撞着头；羽毛零乱的乌鸦，静悄悄地栖在罗望子的枝上，河的东岸正被乌沉沉的冥色所侵袭。

我们的牛系在篱上，高声鸣叫。

孩子，在这里等着，等我先把牛牵进牛棚里去。

许多人都挤在池水泛溢的田间，捉那从泛溢的池中逃出来的鱼儿；雨水成了小河，流过狭弄，好像一个嬉笑的孩子从他妈妈那里跑开，故意要恼她一样。

听呀，有人在浅滩上喊船夫呢。

孩子，天色冥暗了，渡头的摆渡船已经停了。

天空好像是在滂沱的雨上快跑着；河里的水喧叫而且暴躁；妇人们早已拿着汲满了水的水罐，从恒河畔匆匆地回家了。

夜里用的灯，一定要预备好。

孩子，不要出去呀！

到市场去的大道已没有人走，到河边去的小路又很滑。风在竹林里咆哮着，挣扎着，好像一只落在网中的野兽。

 **纸船**

我每天把纸船一个个放在急流的溪中。

我用大黑字写我的名字和我住的村名在纸船上。

我希望住在异地的人会得到这纸船,知道我是谁。

我把园中长的秀利花载在我的小船上,希望这些黎明开的花能在夜里平平安安地带到岸上。

我投我的纸船到水里,仰望天空,看见小朵的云正张着满鼓着风的白帆。

我不知道天上有我的什么游伴把这些船放下来同我的船比赛!

夜来了,我的脸埋在手臂里,梦见我的纸船在子夜的星光下缓缓地浮泛前去。

睡仙坐在船里,带着满载着梦的篮子。

水手

船夫曼特胡的船只停泊在拉琪根琪码头。

这只船无用地装载着黄麻,无所事事地停泊在那里已经好久了。

只要他肯把他的船借给我,我就给它安装一百支桨,扬起五个或六个或七个布帆来。

我决不把它驾驶到愚蠢的市场上去。

我将航行遍仙人世界里的七个大海和十三条河道。

但是,妈妈,你不要躲在角落里为我哭泣。

我不会像罗摩犍陀罗①似的,到森林中去,一去十四年才回来。

我将成为故事中的王子,把我的船装满了我所喜欢的东西。

我将带我的朋友阿细和我做伴。我们要快快乐乐地航行于仙人世界里的七个大海和十三条河道。

---

① 罗摩犍陀罗即罗摩。他是印度叙事诗《罗摩衍那》中的主角。为了尊重父亲的诺言和维持弟兄间的友爱,他抛弃了继承王位的权利,和妻子悉多在森林中被放逐了十四年。

我将在绝早的晨光里张帆航行。

中午，你正在池塘里洗澡的时候，我们将在一个陌生的国王的国土上了。

我们将经过特浦尼浅滩，把特潘塔沙漠抛落在我们的后边。

当我们回来的时候，天色快黑了，我将告诉你我们所见到的一切。

我将越过仙人世界里的七个大海和十三条河道。

对岸

我渴想到河的对岸去。

在那边,好些船只一行儿系在竹竿上;

人们在早晨乘船渡过那边去,肩上扛着犁头,去耕耘他们的远处的田;

在那边,牧人使他们鸣叫着的牛游泳到河旁的牧场去;

黄昏的时候,他们都回家了,只留下豺狼在这满长着野草的岛上哀叫。

妈妈,如果你不在意,我长大的时候,要做这渡船的船夫。

据说有好些古怪的池塘藏在这个高岸之后。

雨过去了,一群一群的野鹜飞到那里去,茂盛的芦苇在岸边四围生长,水鸟在那里生蛋;

竹鸡带着跳舞的尾巴,将它们细小的足印印在洁净的软泥上;

黄昏的时候,长草顶着白花,邀月光在长草的波浪上浮游。

妈妈,如果你不在意,我长大的时候,要做这渡船的船夫。

我要自此岸至彼岸，渡过来，渡过去，所有村中正在那儿沐浴的男孩女孩，都要诧异地望着我。

太阳升到中天，早晨变为正午了，我将跑到你那里去，说道："妈妈，我饿了！"

一天完了，影子俯伏在树底下，我便要在黄昏中回家来。

我将永不同爸爸那样，离开你到城里去做事。

妈妈，如果你不在意，我长大的时候，要做这渡船的船夫。

花的学校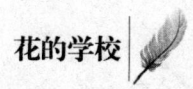

当雷云在天上轰响,六月的阵雨落下的时候。

润湿的东风走过荒野,在竹林中吹着口笛。

于是一群一群的花从无人知道的地方突然跑出来,在绿草上狂欢地跳着舞。

妈妈,我真的觉得那群花朵是在地下的学校里上学。

他们关了门做功课,如果他们想在散学以前出来游戏,他们的老师是要罚他们站壁角的。

雨一来,他们便放假了。

树枝在林中互相碰触着,绿叶在狂风里萧萧地响着,雷云拍着大手,花孩子们便在那时候穿了紫的、黄的、白的衣裳,冲了出来。

你可知道,妈妈,他们的家是在天上,在星星所住的地方。

你没有看见他们怎样地急着要到那儿去么?你不知道他们为什么那样急急忙忙么?

我自然能够猜得出他们是对谁扬起双臂来:他们也有他们的妈妈,就像我有我自己的妈妈一样。

商人

妈妈,让我们想象,你待在家里,我到异邦去旅行。

再想象,我的船已经装得满满的在码头上等候启碇了。

现在,妈妈,好生想一想再告诉我,回来的时候我要带些什么给你。

妈妈,你要一堆一堆的黄金么?

在金河的两岸,田野里全是金色的稻实。

在林荫的路上,金色花也一朵一朵地落在地上。

我要为你把它们全都收拾起来,放在好几百个篮子里。

妈妈,你要秋天的雨点一般大的珍珠么?

我要渡海到珍珠岛的岸上去。

那个地方,在清晨的曙光里,珠子在草地的野花上颤动。珠子落在绿草上,珠子被汹狂的海浪一大把一大把地撒在沙滩上。

我的哥哥呢,我要送他一对有翼的马,会在云端飞翔的。

爸爸呢,我要带一支有魔力的笔给他,他还没有觉得,笔

就写出字来了。

　　你呢，妈妈，我一定要把那个值七个国王的王国的首饰箱和珠宝送给你。

同情

如果我只是一只小狗，而不是你的小孩，亲爱的妈妈，当我想吃你的盘里的东西时，你要向我说"不"么？

你要赶开我，对我说道："滚开，你这淘气的小狗"么？

那末，走罢，妈妈，走罢！当你叫唤我的时候，我就永不到你那里去，也永不要你再喂我吃东西了。

如果我只是一只绿色的小鹦鹉，而不是你的小孩，亲爱的妈妈，你要把我紧紧地锁住，怕我飞走么？

你要对我摇你的手，说道："怎样的一个不知感恩的贱鸟呀！整日整夜地尽在咬它的链子"么？

那末，走罢，妈妈，走罢！我要跑到树林里去；我就永不再让你抱我在你的臂里了。

职业

早晨,钟敲十下的时候,我沿着我们的小巷到学校去。

每天我都遇见那个小贩,他叫道:"镯子呀,亮晶晶的镯子!"

他没有什么事情急着要做,他没有哪条街一定要走,他没有什么地方一定要去,他没有什么时间一定要回家。

我愿意我是一个小贩,在街上过日子,叫着:"镯子呀,亮晶晶的镯子!"

下午四点,我从学校里回家。

从一家门口,我看得见一个园丁在那里掘地。

他用他的锄子,要怎么掘,便怎么掘,他被尘土污了衣裳,如果他被太阳晒黑了或是身上被打湿了,都没有人骂他。

我愿意我是一个园丁,在花园里掘地,谁也不来阻止我。

天色刚黑,妈妈就送我上床。

从开着的窗口,我看得见更夫走来走去。

小巷又黑又冷清,路灯立在那里,像一个头上生着一只红眼睛的巨人。

更夫摇着他的提灯,跟他身边的影子一起走着,他一生一次都没有上床去过。

我愿意我是一个更夫,整夜在街上走,提了灯去追逐影子。

长者

妈妈,你的孩子真傻!她是那末可笑的不懂事!

她不知道路灯和星星的分别。

当我们玩着把小石子当食物的游戏时,她便以为它们真是吃的东西,竟想放进嘴里去。

当我翻开一本书,放在她面前,要她读a、b、c时,她却用手把书页撕了,无端快活地叫起来;你的孩子就是这样做功课的。

当我生气地对她摇头,骂她,说她顽皮时,她却哈哈大笑,以为很有趣。

谁都知道爸爸不在家,但是,如果我在游戏时高声叫一声"爸爸",她便要高兴地四面张望,以为爸爸真是近在身边。

当我把洗衣人带来载衣服回去的驴子当做学生,并且警告她说,我是老师,她却无缘无故地乱叫起我哥哥来。

你的孩子要捉月亮。她是这样的可笑;她把格尼许[①]唤做琪奴许。

妈妈,你的孩子真傻,她是那末可笑的不懂事!

---

① 格尼许(ganesh)是毁灭之神湿婆的儿子,象首人身。同时也是现代印度人所最喜欢用来做名字的第一个字。

 小大人

我人很小,因为我是一个小孩子。到了我像爸爸一样年纪时,便要变大了。

我的先生要是走来说道:"时候晚了,把你的石板,你的书拿来。"

我便要告诉他道:"你不知道我已经同爸爸一样大了么?我决不再学什么功课了。"

我的老师便将惊异地说道:"他读书不读书可以随便,因为他是大人了。"

我将自己穿了衣裳,走到人群拥挤的市场里去。

我的叔叔要是跑过来说道:"你要迷路了,我的孩子;让我领着你罢。"

我便要回答道:"你没有看见么,叔叔,我已经同爸爸一样大了?我决定要独自一个人到市场里去。"

叔叔便将说道:"是的,他随便到哪里去都可以,因为他是大人了。"

当我正拿钱给我保姆时,妈妈便要从浴室中出来,因为我是知道怎样用我的钥匙去开银箱的。

妈妈要是说道:"你在做什么呀,顽皮的孩子?"

我便要告诉她道:"妈妈,你不知道我已经同爸爸一样大了么?我必须拿钱给保姆。"

妈妈便将自言自语道:"他可以随便把钱给他所喜欢的人,因为他是大人了。"

当十月里放假的时候,爸爸将要回家,他会以为我还是一个小孩子,为我从城里带来了小鞋子和小绸衫来。

我便要说道:"爸爸。把这些东西给哥哥罢,因为我已经同你一样大了。"

爸爸便将想了一想,说道:"他可以随便去买他自己穿的衣裳,因为他是大人了。"

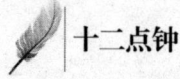 十二点钟

妈妈,我真想现在不做功课了。我整个早晨都在念书呢。

你说,现在还不过是十二点钟。假定不会晚过十二点罢;难道你不能把不过是十二点钟想象成下午么?

我能够容容易易地想象:现在太阳已经到了那片稻田的边缘上了,老态龙钟的渔婆正在池边采撷香草做她的晚餐。

我闭上了眼就能够想到,马塔尔树下的阴影是更深黑了,池塘里的水看来黑得发亮。

假如十二点钟能够在黑夜里来到,为什么黑夜不能在十二点钟的时候来到呢?

著作家

你说爸爸写了许多书,但我却不懂得他所写的东西。

他整个黄昏读书给你听,但是你真懂得他的意思么?

妈妈,你给我们讲的故事,真是好听呀!我很奇怪,爸爸为什么不能写那样的书呢?

难道他从来没有从他自己的妈妈那里听见过巨人和神仙和公主的故事么?

还是已经完全忘记了?

他常常耽误了沐浴,你不得不走去叫他一百多次。

你总要等候着,把他的菜温着等他,但他忘了,还尽管写下去。

爸爸老是以著书为游戏。

如果我一走进爸爸房里去游戏,你就要走来叫道:"真是一个顽皮的孩子!"

如果我稍微出一点声音,你就要说:"你没有看见你爸爸正在工作么?"

老是写了又写,有什么趣味呢?

当我拿起爸爸的钢笔或铅笔,跟他一模一样地在他的书上写着——a, b, c, d, e, f, g, h, i,——那时,你为什么跟我生气呢,妈妈?

爸爸写时,你却从来不说一句话。

当我爸爸耗费了那末一大堆纸时,妈妈,你似乎全不在乎。

但是,如果我只取了一张纸去做一只船,你却要说:"孩子,你真讨厌!"

你对于爸爸拿黑点子涂满了纸的两面,污损了许多许多张纸,你心里以为怎样呢?

恶邮差

你为什么坐在那边地板上不言不动的,告诉我呀,亲爱的妈妈?

雨从开着的窗口打进来了,把你身上全打湿了,你却不管。

你听见钟已打四下了么?正是哥哥从学校里回家的时候了。

到底发生了什么事,你的神色这样不对?

你今天没有接到爸爸的信么?

我看见邮差在他的袋里带了许多信来,几乎镇里的每个人都分送到了。

只有爸爸的信,他留起来给他自己看。我确信这个邮差是个坏人。

但是不要因此不乐呀,亲爱的妈妈。

明天是邻村市集的日子。你叫女仆去买些笔和纸来。

我自己会写爸爸所写的一切信;使你找不出一点错处来。

我要从A字一直写到K字。

但是,妈妈,你为什么笑呢?

你不相信我能写得同爸爸一样好!

但是我将用心画格子,把所有的字母都写得又大又美。

当我写好了时，你以为我也像爸爸那样傻，把它投入可怕的邮差的袋中么？

我立刻就自己送来给你，而且一个字母、一个字母地帮助你读。

我知道那邮差是不肯把真正的好信送给你的。

英雄

妈妈,让我们想象我们正在旅行,经过一个陌生而危险的国度。

你坐在一顶轿子里,我骑着一匹红马,在你旁边跑着。

是黄昏的时候,太阳已经下山了。约拉地希的荒地疲乏而灰暗地展开在我们面前。大地是凄凉而荒芜的。

你害怕了,想道——"我不知道我们到了什么地方了。"

我对你说道:"妈妈,不要害怕。"

草地上刺蓬蓬地长着针尖似的草,一条狭而崎岖的小道通过这块草地。

在这片广大的地面上看不见一只牛;它们已经回到它们村里的牛棚去了。

天色黑了下来,大地和天空都显得朦朦胧胧的,而我们不能说出我们正走向什么所在。

突然间,你叫我,悄悄地问我道:"靠近河岸的是什么火光呀?"

正在那个时候,一阵可怕的呐喊声爆发了,好些人影子向我们跑过来。

你蹲坐在你的轿子里,嘴里反复地祷念着神的名字。

轿夫们,怕得发抖,躲藏在荆棘丛中。

我向你喊道:"不要害怕,妈妈,有我在这里。"

他们手里执着长棒,头发披散着,越走越近了。

我喊道:"要当心!你们这些坏蛋!再向前走一步,你们就要送命了。"

他们又发出一阵可怕的呐喊声,向前冲过来。

你抓住我的手,说道:"好孩子,看在上天面上,躲开他们罢。"

我说道:"妈妈,你瞧我的。"

于是我刺策着我的马匹,猛奔过去,我的剑和盾彼此碰着作响。

这一场战斗是那末激烈,妈妈,如果你从轿子里看得见的话,你一定会发冷战的。

他们之中,许多人逃走了,还有好些人被砍杀了。

我知道你那时独自坐在那里,心里正在想着,你的孩子这时候一定已经死了。

但是我跑到你的跟前,浑身溅满了鲜血,说道:"妈妈,现在战争已经结束了。"

你从轿子里走出来,吻着我,把我搂在你的心头,你自言自语地说道:

"如果我没有我的孩子护送我,我简直不知道怎么办才好。"

一千件无聊的事天天在发生,为什么这样一件事不能够偶然实现呢?

这很像一本书里的一个故事。

我的哥哥要说道:"这是可能的事么?我老是想,他是那末嫩弱呢!"

我们村里的人们都要惊讶地说道:"这孩子正和他妈妈在一起,这不是很幸运么?"

 告别

是我走的时候了,妈妈;我走了。

当清寂的黎明,你在暗中伸出双臂,要抱你睡在床上的孩子时,我要说道:"孩子不在那里呀!"——妈妈,我走了。

我要变成一股清风抚摩着你;我要变成水中的涟漪,当你浴时,把你吻了又吻。

大风之夜,当雨点在树叶中淅沥时,你在床上,会听见我的微语,当电光从开着的窗口闪进你的屋里时,我的笑声也偕了它一同闪进了。

如果你醒着躺在床上,想你的孩子到深夜,我便要从星空向你唱道:"睡呀!妈妈,睡呀。"

我要坐在各处游荡的月光上,偷偷地来到你的床上,乘你睡着时,躺在你的胸上。

我要变成一个梦儿,从你的眼皮的微缝中,钻到你的睡眠的深处,当你醒来吃惊地四望时,我便如闪耀的萤火似的熠熠地向暗中飞去了。

当普耶节日①,邻舍家的孩子们来屋里玩耍时,我便要融化在笛声里,整日价在你心头震荡。

亲爱的阿姨带了普耶礼②来,问道:"我们的孩子在哪里,姊姊?"妈妈,你将要柔声地告诉她:"他呀,他现在是在我的瞳人里,他现在是在我的身体里,在我的灵魂里。"

---

① 普耶(Puja),意为"祭神大典",这里的"普耶节",是指印度十月间的"难近母祭日"。

② 普耶礼就是指这个节日亲友相互馈送的礼物。

 召唤

她走的时候,夜间黑漆漆的,他们都睡了。

现在,夜间也是黑漆漆的,我唤她道:"回来,我的宝贝;世界都在沉睡;当星星互相凝视的时候,你来一会儿是没有人会知道的。"

她走的时候,树木正在萌芽,春光刚刚来到。

现在花已盛开,我唤道:"回来,我的宝贝。孩子们漫不经心地在游戏,把花聚在一块,又把它们散开。你如走来,拿一朵小花去,没有人会发觉的。"

常常在游戏的那些人,仍然还在那里游戏,生命总是如此地浪费。

我静听他们的空谈,便唤道:"回来,我的宝贝,妈妈的心里充满着爱,你如走来,仅仅从她那里接一个小小的吻,没有人会妒忌的。"

第一次的茉莉

呵,这些茉莉花,这些白的茉莉花!

我仿佛记得我第一次双手满捧着这些茉莉花,这些白的茉莉花的时候。

我喜爱那日光,那天空,那绿色的大地;

我听见那河水淙淙的流声,在黑漆的午夜里传过来;

秋天的夕阳,在荒原上大路转角处迎我,如新妇揭起她的面纱迎接她的爱人。

但我想起孩提时第一次捧在手里的白茉莉,心里充满着甜蜜的回忆。

我生平有过许多快活的日子,在节日宴会的晚上,我曾跟着说笑话的人大笑。

在灰暗的雨天的早晨,我吟哦过许多飘逸的诗篇。

我颈上戴过爱人手织的醉花的花圈,作为晚装。

但我想起孩提时第一次捧在手里的白茉莉,心里充满着甜蜜的回忆。

 榕树

喂,你站在池边的蓬头的榕树,你可曾忘记了那小小的孩子,就像那在你的枝上筑巢又离开了你的鸟儿似的孩子?

你不记得他怎样坐在窗内,诧异地望着你深入地下的纠缠的树根么?

妇人们常到池边,汲了满罐的水去,你的大黑影便在水面上摇动,好像睡着的人挣扎着要醒来似的。

日光在微波上跳舞,好像不停不息的小梭在织着金色的花毡。

两只鸭子挨着芦苇,在芦苇影子上游来游去,孩子静静地坐在那里想着。

他想做风,吹过你的萧萧的枝杈;想做你的影子,在水面上,随了日光而俱长;想做一只鸟儿,栖息在你的最高枝上;还想做那两只鸭,在芦苇与阴影中间游来游去。

祝福

祝福这个小心灵,这个洁白的灵魂,他为我们的大地,赢得了天的接吻。

他爱日光,他爱见他妈妈的脸。

他没有学会厌恶尘土而渴求黄金。

紧抱他在你心里,并且祝福他。

他已来到这个歧路百出的大地上了。

我不知道他怎么从群众中选出你来,来到你的门前抓住你的手问路。

他笑着,谈着,跟着你走,心里没有一点儿疑惑。

不要辜负他的信任,引导他到正路,并且祝福他。

把你的手按在他的头上,祈求着:底下的波涛虽然险恶,然而从上面来的风,会鼓起他的船帆,送他到和平的港口的。

不要在忙碌中把他忘了,让他来到你的心里,并且祝福他。

赠品

我要送些东西给你，我的孩子，因为我们同是漂泊在世界的溪流中的。

我们的生命将被分开，我们的爱也将被忘记。

但我却没有那样傻，希望能用我的赠品来买你的心。

你的生命正是青青，你的道路也长着呢，你一口气饮尽了我们带给你的爱，便回身离开我们跑了。

你有你的游戏，有你的游伴。如果你没有时间同我们在一起，如果你想不到我们，那有什么害处呢？

我们呢，自然的，在老年时，会有许多闲暇的时间，去计算那过去的日子，把我们手里永久失了的东西，在心里爱抚着。

河流唱着歌很快地流去，冲破所有的堤防。但是山峰却留在那里，忆念着，满怀依依之情。

我的歌

我的孩子,我这一支歌将扬起它的乐声围绕你的身旁,好像那爱情的热恋的手臂一样。

我这一支歌将触着你的前额,好像那祝福的接吻一样。

当你只是一个人的时候,它将坐在你的身旁,在你耳边微语着;当你在人群中的时候,它将围住你,使你超然物外。

我的歌将成为你的梦的翼翅,它将把你的心移送到不可知的岸边。

当黑夜覆盖在你路上的时候,它又将成为那照临在你头上的忠实的星光。

我的歌又将坐在你眼睛的瞳人里,将你的视线带入万物的心里。

当我的声音因死亡而沉寂时,我的歌仍将在你活泼泼的心中唱着。

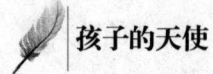 **孩子的天使**

他们喧哗争斗,他们怀疑失望,他们辩论而没有结果。

我的孩子,让你的生命到他们当中去,如一线镇定而纯洁之光,使他们愉悦而沉默。

他们的贪心和妒忌是残忍的;他们的话,好像暗藏的刀,渴欲饮血。

我的孩子,去,去站在他们愤懑的心中,把你的和善的眼光落在它们上面,好像那傍晚的宽宏大量的和平,覆盖着日间的骚扰一样。

我的孩子,让他们望着你的脸,因此能够知道一切事物的意义;让他们爱你,因此他们能够相爱。

来,坐在无垠的胸膛上,我的孩子。朝阳出来时,开放而且昂起你的心,像一朵盛开的花;夕阳落下时,低下你的头,默默地做完这一天的礼拜。

最后的买卖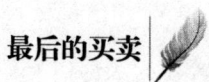

早晨,我在石铺的路上走时,我叫道:"谁来雇用我呀?"
皇帝坐着马车,手里拿着剑走来。
他拉着我的手,说道:"我要用权力来雇用你。"
但是他的权力算不了什么,他坐着马车走了。

正午炎热的时候,家家户户的门都闭着。
我沿着弯曲的小巷走去。
一个老人带着一袋金钱走出来。
他斟酌了一下,说道:"我要用金钱来雇用你。"
他一个一个地数着他的钱,但我却转身离去了。

黄昏了。花园的篱上满开着花。
美人走出来,说道:"我要用微笑来雇用你。"
她的微笑黯淡了,化成泪容了,她孤寂地回身走进黑暗里去。

太阳照耀在沙地上,海波任性的浪花四溅。

一个小孩坐在那里玩贝壳。

他抬起头来,好像认识我似的,说道:"我雇你不用什么东西。"

从此以后,在这个小孩的游戏中做成的买卖,使我成了一个自由的人。